KB135841

모두가 같다는 환상 천재를 죽이지 않는 사회

천재 프로그래머 장관 오드리 탕, 일곱 시공의 궤적

모두가 같다는 환상 천재를 죽이지 않는 사회

천재 프로그래머 장관 오드리 탕, 일곱 시공의 궤적

초판 1쇄 2021년 8월 25일

지은이 아이리스 치우, 정쭝란
옮긴이 윤인성
발행인 최홍석

발행처 (주)프리렉
출판신고 2000년 3월 7일   제 13-634호
주소 경기도 부천시 원미구 길주로 77번길 19 세진프라자 201호
전화 032-326-7282(代)   팩스 032-326-5866
URL www.freelec.co.kr

편집 박영주
표지디자인 황인옥
본문디자인 박경옥

ISBN 978-89-6540-306-7

AUDREY TANG

모두가 같다는 환상

아이리스 치우 · 정풍란 지음 | 윤인성 옮김

천재를 죽이지 않는 사회

TRACES OF SEVEN TIME
& SPACE

프리렉

2020년 신종 코로나바이러스가 세계 각국을 덮치고, 온 지구가 재난에 휘말렸습니다. 패닉이 확산되는 가운데, 사람들을 지킬 강력한 대책을 신속하게 내놓을 수 있는 전문가들에게 전 세계의 이목이 쏠렸습니다. 이때 대만의 디지털 장관 탕펑唐鳳(이하 오드리 탕)도, 진두지휘를 해 완성시킨 마스크 지도 앱의 탁월한 효과로 화제에 올라 전 세계에 알려지게 되었습니다.

2016년, 35세에 대만의 디지털 장관으로 취임한 오드리 탕은 소문이 무성한 인물입니다. 몇 가지를 이야기하면, IQ 180이지만 학력은 중졸이며, 해커의 DNA를 갖고 언제라도 프로그램을 작성할 수 있는 달인입니다. 실리콘밸리의 창업자이자 비트코인 부자이기도 합니다. 또 애플의 고문으로서 Siri 개발에 참여한 바 있으며, 트랜스젠더임을 솔직하게 표명하고 있습니다.

그[01]는 2019년 미국 유명 잡지 〈포린 폴리시Foreign Policy〉에서 '세계의 두뇌 100인'에 선정되기도 했습니다. 재주와 지혜가 뛰어

---

01 오드리 탕은 남성에서 여성으로 성전환한 트랜스젠더이지만, 스스로 성별을 '무無'로 기재하는 등 젠더퀴어적 성향도 지니고 있습니다. 이 책에서는 이런 오드리 탕을 존중하는 뜻에서, 한국어 3인칭 명사 '그/그녀'가 아닌, 무성으로서의 3인칭 명사 '그'를 사용하고자 합니다. -편집주

나고 중국어와 영어를 자유롭게 구사하는 그는, 자주 의외의 각도에서 세상을 바라보며 사람의 마음을 깊게 분석하고 해독합니다. 이러한 특성들이 그가 세계 미디어의 사랑을 받게 된 이유입니다.

코로나 재난 중 대만의 방역 전략을 묻기 위해 찾아온 수많은 외신에, 오드리 탕은 언제나 몇 분 내로 그 요점을 설명해 주었습니다. 최근 인터뷰를 위해 방문했던 〈와이어드WIRED〉[02]는 그가 질문에 답할 때 보인 총명함이 경이로웠다고 평했습니다.

사람들은 천재에게 호기심을 갖기 마련입니다. IQ에 대해 질문을 받을 때마다 오드리 탕은 차분하게 다음과 같이 답했습니다. "학교에서 세 번 측정한 적이 있는데, 항상 최고 레벨인 160이 나왔습니다. 적어도 160이므로 정확히는 어느 정도인지 잘 모르겠습니다." 그리고는 "인터넷 시대에는 사실 누구나 IQ 180입니다."라고 덧붙여 이야기했습니다.

소학교 1학년 때에 구원 연립 방정식[03]을 해결한 오드리 탕은 일찍이 학교에서 천재로 주목받았습니다. 하지만 그 이후의 인생은 순조롭기는커녕, 시련의 연속이었습니다. 그가 가족과 함께 이 세계와 타협하는 방법을 끝내 찾아내지 못했다면, 오드리 탕이라

---

02 1993년 3월 창간된 미국 월간지로, 주로 기술이 문화, 정치, 경제에 미치는 영향을 다룹니다. -편집주

03 미지수가 9개인 연립 방정식을 가리킵니다. -역주

는 이야기는 아마 완전히 달라졌을 것입니다.

이 책을 집필하면서, 우리는 계속 생각했습니다. 이 세상에는 분명 해커 기술을 가진 천재가 꽤 있을 것입니다. 그렇다면 도대체 어떤 연유로 그는 다른 사람과 다른 인생을 살게 된 것일까요?

유럽의 르네상스 시대에는 레오나르도 다빈치 같은 인물이 있었습니다. 직업을 구하던 다빈치는 자신을 고용할 가능성이 있는 사람들에게 "저는 다리를 만들 수도 있고, 그림도 어느 정도 그릴 수 있습니다."라는 편지를 쓴 적이 있습니다. 이는 자신이 엔지니어이면서, 그림을 잘 그리는 화가라는 점을 어필한 것입니다. 인류의 역사에 화려한 한 획을 그은 것은, 바로 이렇게 여러 재능이 융합된 '르네상스적 교양인'이었습니다.

다빈치가 강을 건너는 다리를 놓았던 것처럼, 오드리 탕도 자신의 삶에서 현실에 존재하는 다양한 경계를 초월해 왔습니다. 과거에는 남성이었지만 지금은 여성이며, 타이베이에서 태어났지만, 대만을 넘어 여러 도시에 발자취를 남겼습니다. 또한 프로그램을 작성하면서도, 시를 쓰는 데도 열정을 쏟습니다.

오드리 탕이 읊는 시는 듣는 사람의 마음을 울립니다. 기술과 네트워크를 좋아하는 그이지만, 항상 마음에는 시를 담고 있습니다. 오드리 탕은 어릴 때부터 시 읊기를 좋아했습니다. 에피소드 7에서 자세하게 다루겠지만, 디지털 장관으로 취임했을 때 대만 내외의 언론이 "업무 중에는 무엇을 합니까?"라고 묻자 중국어와 영어로 시를 써서 답하기도 했습니다.

또 미디어의 요청에 응해 캐나다의 시인이자 가수인 레너드 코헨Leonard Cohen의 곡, 〈Come Healing〉의 가사를 완벽한 영어로 낭독한 적도 있습니다.

O, longing of the branches To lift the little bud

오, 나뭇가지의 그리움, 작은 싹을 틔우기 위한

O, longing of the arteries To purify the blood

오, 동맥의 그리움, 피를 정화하기 위한

시를 낭독할 때 그는 눈을 가늘게 뜨고 상상 속 시의 세계에 빠져들고, 표정은 평온함 그 자체가 되어 듣는 사람의 몸과 마음을 울립니다.

그는 수년 전 해바라기 학생운동[04]에 참가했는데, 당시 소란스러운 현장 속에서도 이 시를 떠올리면 이내 마음이 가라앉고 주위에 휩쓸려 동요하는 일이 사라졌다고 말한 적이 있습니다. 해커이지만 또 시인이기 때문에, 이처럼 이색적인 오드리 탕이라는 인물이 만들어졌는지도 모릅니다.

---

04 2014년 3월 18일부터 4월 10일까지 대만의 대학생과 사회운동가들이 서비스무역협정의 강행에 맞서 입법원을 점거하고 농성한 대만의 학생운동. –역주

디지털 장관이라는 직위는 대만에서 디지털 담당 정무위원(디지털 정위)이라고 불리며, 장관과 동급의 고위 공무원입니다. 취임 후 얼마 되지 않아 한 방송사와 가진 인터뷰에서, 오드리 탕은 사회자로부터 '사상 처음으로'라는 단어를 사용해서 문장을 만들어 달라는 요청을 받았습니다. 그는 잠시 생각하더니 이렇게 대답했습니다.

"사상 처음으로 어떤 사람이라도 시간을 예약할 수 있게 자신의 오피스를 개방하는 장관"

"사상 처음으로 열린 정부_{Open Government}를 주요 업무로 하는 장관"

"사상 처음으로 VR(가상현실) 아바타로 연설을 한 장관"

오드리 탕은 디지털 장관으로서 무엇을 하고 있을까요? 당시 그를 내각으로 초대했던 린취안_{林全} 행정원장은, 오드리 탕이 '열린 정부', '사회적 기업', '청년 커뮤니티'라는 세 가지 업무를 담당해 줄 것을 기대했습니다. (전혀 무관해 보이는 이 세 업무를 한 사람에게 맡기다니, 맡기는 쪽도 천재가 아닌가 하는 생각이 듭니다.)

아무튼, 오드리 탕은 그 특유의 천재적인 이해력으로 세 분야의 일에 이전에 없던 해석을 부여했습니다. 그는 자신의 업무를 재발명했다고도 말할 수 있습니다.

'사회적 기업' 관련 업무는 본래, 사회 문제를 경제적인 방법으로 해결하려는 기업가가 생존해 나갈 수 있도록 지원하는 일입니다. 오드리 탕은 이를 '소셜 이노베이션social innovation'으로 강화했습니다. 이러한 기업의 상품과 서비스에만 주목하는 것이 아니라, 많은 혁신이 좌절하지 않고 실제로 시장에 나올 수 있게, 시장의 규칙을 바꾸는 길을 찾고 싶다고 생각한 것입니다.

'청년 커뮤니티' 업무가 실은 청년이 미래를 찾는 것을 어른이 돕는 것이 아니라, 미래는 어디로 가야 하는지를 청년이 어른에게 알려주는 것임을 발견한 것도 그였습니다.

'열린 정부'는 본디 "데이터의 투명성을 확보하고, 일반 사람들의 참여를 촉진하고, 정책을 추적할 수 있게 하고, 모두를 대화로 이끈다"는 의미입니다. 이를 위해 오드리 탕이 고안한 방법 중 하나는 사람들이 온라인 플랫폼을 통해 정부에 청원할 수 있게 하고, 정부 내의 젊은 공무원에게도 혁신적인 상향식 제안을 할 기회를 주겠다는 것이었습니다.

성격이 온화한 오드리 탕이지만, 실제로는 '과격한 투명성 radical transparency'으로써 열린 정부의 모범을 보이고 있습니다. 오드리 탕은 취임 후에 매일 업무 스케줄, 회의 내용을 기록한 글, 인터뷰 내용, 방문자와의 대화를 중국어와 영어를 막론하고 모두 업무기록 사이트에 공개하여, 누구나 제한없이 전문을 검색할 수 있도록 하고 있습니다. 실제로 '오드리 탕唐鳳'을 중국어 또는 영어로 검색하면, 그의 취임 이후 모든 기록을 확인할 수 있습니다.

그는 매일 아침 7시부터 밤 7시까지 일하며, 걸어서 통근하고,

밤에도 회식 등의 술자리에 거의 참석하지 않습니다. 매일 모든 메일에 답변을 하고 난 뒤에 취침하며, 7시간 30분에서 8시간 정도 잡니다.

이렇게 열심히 일하는 오드리 탕이지만, 자신을 '보수적인 아나키스트'라고 공언하는 것은 서슴지 않습니다. 그는 정부가 만능이라고 생각하지 않으며, 오히려 사람들이 적절한 방법으로 정부의 운영에 참여해서 함께 협력할 수 있다면 더 나은 정치가 실현되리라고 믿습니다.

"저는 정부를 위해서가 아니라 정부와 함께 일하고 있습니다. 사람을 위해서가 아니라, 사람들과 함께 일하고 있습니다. 채널 중 하나에 불과한 제가 정부 본연의 자세에 과격할 정도로 투명성을 부여함으로써 여러분은 정부가 어떻게 운영되고 있는지 알고, 참여하거나 의견을 개진하는 방법을 알고, 정부에 청원도 할 수 있게 되는 것입니다."

'Au'는 오드리 탕이 인터넷에서 사용하는 아이디로, 친구들이 그를 부를 때 사용하는 애칭입니다. 이 책에서는 오드리 탕을 눌러싼 이야기를 되돌아보면서, 날마다 쌓여가는 그에 대한 소문을 하나하나 추적해 나가고자 합니다. 독자 여러분이 이 책을 읽으면서, 시공을 거슬러 소학교(우리나라의 초등학교) 1학년에 구원 연립방정식을 풀었던 아이가 겪었던 고민, 당혹감, 놀라움 등을 함께 느낄 수 있다면 기쁘겠습니다.

차 례

35세 디지털 장관

가장 불평이 많은 사람이, 그 문제에
대해서는 정부보다 더 전문가인
경우도 있습니다. 이런 사람들의 의견을
수렴한다면 정부는 보다 나은 서비스를
제공할 수 있습니다.

By. 오드리 탕

별난 마스코트

대만의 디지털 장관[05]인 오드리 탕은 여러 측면에서 굉장히 별난 공무원입니다.

일단 '디지털 장관'이라는 직책은 과거에는 없던 것으로, 오드리 탕이 대만 사상 처음으로 이 자리에 앉았습니다. 오드리 탕은 디지털 장관으로서 '시빅해커(정부가 공개한 데이터를 기반으로 시민의 삶을 도울 수 있는 애플리케이션을 개발하는 엔지니어)', '정책 협동자(다양한 관계자와 협력해서 정책을 입안하는 사람)', '디지털 대사', 그리고 가장 화제가 되었던 '마스코트'라는 네 가지 얼굴을 갖고 활동하고 있습니다.

원래 유머 있고 낙천적인 성품입니다. 다양한 온라인 커뮤니티를 오가며 가끔 두세 마디 댓글을 남기는데, 그것이 큰 화제가 됩니다. 그는 자신이 출현했다는 것만으로 많은 사람들이 기뻐한다는 것을 알자 마스코트를 자임하며, 그 역할을 즐기는 듯합니다. 어떻게 보면 개구쟁이 같은 성격이라고 할 수 있습니다.

---

05 정확하게는 '디지털 담당 정무위원'으로, 한국에서 장관급에 해당되는 직책입니다. 이 책에서는 디지털 담당 정무위원을 전부 이해하기 쉽게 '디지털 장관'으로 번역했습니다. 일부 차이가 있는 부분은 이후에 관련 부분이 나올 때 다시 설명하겠습니다. -역주

디지털 장관이 되기 전부터 오드리 탕은 '대만 컴퓨터의 10대 거인' 중 한 명으로 꼽히고 있었으며, 본인은 부인하지만 여전히 대만 최대 인터넷 커뮤니티인 PTT(회원수 150만 명)에서는 거의 신과 같은 존재입니다. 누군가가 PTT에 "오늘 길에서 오드리 탕 씨를 봤다"라고 글을 쓰면, 그 아래에 "영접했구나!", "하느님 강림", "복권 사야 돼" 등의 댓글이 이어집니다. 현재 대만에서 그는 이처럼 숭배되고 있을 정도로 인기입니다.

물론 온라인 커뮤니티에서 좋은 일만 생기는 것은 아닙니다. 장관이 된 뒤에도 그를 비판하는 글은 심심찮게 발견됩니다. 이 같은 곤란한 상황에서도, 그는 의견에 대한 감사의 말과 함께 온건한 답변을 댓글로 남깁니다.

예를 들어 최근 커뮤니티에 그의 긴 머리가 "100년 전의 구시대적 스타일"이라 보기 흉하다며 비판하는 글이 올라왔습니다. 그렇지만 그는 화도 내지 않고, "구체적인 조언 고맙습니다. 확실히 방역 기간에는 아무래도 '호전재好剪才, SuperbCut Hair Studio'에 갈 시간이 없었는데, 다음 주에 가서 헤어스타일을 바꿔보겠습니다."라는 댓글을 달았습니다. 참고로 오드리 탕의 단골 미용실인 이곳은 영리가 아닌 사회 기여를 목적으로 운영되는 사회적 기업입니다.

오드리 탕의 댓글 아래에는 예상대로, "탕 씨의 댓글에 대댓글을 달았어!", "중요한 것은 머릿속의 내용. 위원의 긴 머리에 찬성", "본인 등판! 새로운 헤어스타일 기대" 등, 그를 지지하는 댓글이 연이어 쏟아졌습니다.

또한 대만에는 '오드리 탕 소환'이라는 인터넷 밈[06]이 있습니다. 누구나 페이스북이나 트위터에 진지한 정책 제언에서부터 웃기는 아이디어까지 무엇이라도 오드리 탕을 태그해 올립니다. 본인으로부터 답장을 받을 가능성이 있기 때문입니다.

예를 들어 코로나 대책으로 대만 정부에서 국민의 생활 전반을 통제하던 와중, 각계의 노력 덕에 그때까지는 부족했던 마스크 수에 여유가 생겼습니다. 그러자 2020년 4월 2일, 한 누리꾼이 트위터에 다음과 같은 글을 올렸습니다.

"정부에서 국민에게 할당한 마스크 중 실제 구입되지 않은 것이 꽤 있으니, 외국 의료종사자들을 위해 기부할 수 있으면 좋겠다."

다른 사람이 이 트윗을 오드리 탕에게 태그했더니, 이내 오드리 탕이 그 아래 "제안을 접수했습니다. 공헌에 감사!"라고 메시지를 남겼습니다.

---

06 인터넷상에서 이미지, 동영상, 유행어 등의 형태로 확산되어 인터넷 문화의 일부로 자리 잡은 특정 활동을 일컫는 용어입니다. 어원은 리처드 도킨스(Richard Dawkins)가 저서 《이기적 유전자(The Selfish Gene)》에서 사용한 학술용어 밈(meme)으로, 이 경우에는 유전이 아닌 모방을 통해 습득되는 문화요소를 가리킵니다. ―편집주(출처: 한국정보통신기술협회, 정보통신용어사전)

이후 그는 정부의 여러 부회部會[07]와 조정을 진행했고, 4월 27일 대만에서 해외로 마스크를 기부할 수 있는 정책이 정식으로 도입되었습니다. 건강보험카드를 이용해 온라인으로 마스크 예약 시스템에 들어가면, 자신의 미구매분 마스크를 기부할 수 있고, 기명과 무기명 여부도 선택할 수 있게 되었습니다. 이 누리꾼은 한 달도 되지 않아 '마음속의 소원이 이뤄진다'는 신기한 체험을 한 것입니다.

물론 그냥 재미있는 일화도 굉장히 많습니다. 어느 해에는, 인터넷에 "오드리 탕은 IQ가 180이나 되어, 사람의 뇌파를 통제할 수 있다"고 하는 소문이 퍼졌습니다. 이 '뇌파설'은 누리꾼들에게 큰 인기를 끌었고, 널리 퍼졌습니다.

한 누리꾼은 자신의 페이스북에 "은박지 모자를 썼으니 탕 씨도 탐지하지 못할 것이다!"라며, 머리에 은박을 두른 자신의 사진을 올리기도 했습니다. 그러자 오드리 탕은, "알루미늄 모자를 쓰면 뇌파가 영향을 받기 쉬워집니다!"라며, 과학 관련 기사를 첨부하여 누리꾼의 언동을 농담으로 되돌려주었습니다.

어떤 때는 이런 소문을 농담으로 받기도 하고, 어떤 때는 간접적으로 부정하기도 하는 것이 그의 방식입니다. 한번은 누군가가

---

07 대만 행정원의 각 하부조직을 통틀어 부르는 말로, 우리나라의 부처部處에 해당합니다. ―편집주

TV 인터뷰에서 오드리 탕이 오래된 노키아Nokia 휴대전화를 사용하고 있는 것을 보고, 인터넷에 "오드리 탕은 왜 그렇게 오래된 휴대전화를 사용하는 것일까요?"라는 글을 올린 적이 있습니다. 그랬더니 "뇌파로 누구의 뇌와도 연결할 수 있기 때문에, 휴대전화는 필요 없는 거다"라는 사람도 있는가 하면, "라인이 시끄러운 걸까" 하며 짐작하는 사람도 나타났습니다. 마침내 오드리 탕 본인이 등장하여 "말씀대로입니다"라고 답신을 남겼습니다. 이렇게 '오드리 탕 소환'에 성공한 사람들은 크게 기뻐했습니다.

'오드리 탕 소환'에 응답하는 데 매일 얼마의 시간을 할애하는지라는 질문을 받자, 그는 "1회 5분, 1일 3회, 즉 15분"이라고 정확하게 대답했습니다. 즐거운 마스코트 역할을 하고 있으면서도, 시간 관리에는 전혀 소홀하지 않고 있다는 것을 알 수 있습니다.

오드리 탕의 시간 관리 비결은 바로 '포모도로 테크닉'입니다. 이 테크닉은 생산성과 효율성을 위해서 25분 동안 업무에 전념하고, 5분 동안 쉬는 것을 반복하는 방법입니다. 그는 이 쉬는 시간 5분을 누리꾼들의 다양한 질문에 답하는 데 사용하고 있는 것입니다.

포모도로 테크닉을 만든 이탈리아의 프란체스코 시릴로Francesco Cirillo는, 대학 시절 토마토(이탈리아어로 포모도로pomodoro) 형태의 타이머로 25분간의 업무 시간을 설정했습니다. 이후 이 시간 관리법은 점차 유명해졌고, 지금은 뛰어난 일의 리듬이 되어

신출귀몰한 디지털 장관의 인터넷 생활을 지탱하고 있습니다.

물론 대만의 디지털 장관인 이상 오드리 탕의 임무가 단순한 마스코트일 리는 없습니다. 매일 산더미 같은 일이 그를 기다립니다. 항상 수많은 첨단 기기에 둘러싸여 있는 오드리 탕은, 평상시 일도 기술을 활용해 능숙하게 해냅니다. 경우에 따라 화상회의 참석자에게 VR 고글을 착용하도록 하거나, 교통사정상 제때 회장에 나가기 곤란할 때에는 녹화메시지로 인사를 대신하기도 합니다.

복잡한 일을 단순하게 처리하려면, 여러 가지 비결이 필요합니다. 이번 대만의 코로나 방역 초동 조치 당시에도, 팀워크가 장기인 오드리 탕은 정부 안팎 전문가들과 의견을 교환하며 사람들의 요구에 발빠르게 응했습니다. 대만이 내놓은 일련의 새로운 코로나 방역대책은 전 세계의 주목을 받았습니다. 그 가운데서도 '마스크 지도'는 단연 큰 이슈였습니다.

마스크 지도가 만들어지기까지

마스크 지도의 시작은 35세의 엔지니어 우찬웨이吳展瑋였습니다. 2020년 1월 21일에 첫 코로나 확진자가 발생하자, 대만 전역에서 마스크 쟁탈전이 벌어졌습니다. 당시 대만의 일일 마스크 생산량은 하루 188만 장에 불과했고, 정부가 비축해 둔 비상용 마스크 4,400만 장을 방출해 매일 편의점으로 운반해도, 입고되자마자 매진되는 형편이었습니다.

정부는 인당 2장으로 마스크 구입을 제한했지만, 실명제가 아니어서 편의점을 돌며 10장을 쟁이는 사람이 있는 반면, 몇 군데를 돌아다녀도 살 수 없는 사람도 있었습니다. 마스크를 사지 못한 사람들은 패닉에 빠졌고, 미비한 정책 때문에 이런 상황이 벌어진다며 정부를 비판했습니다. 이에 우찬웨이가 '지금 상황은 마스크 공급이 수요에 따라가지 못하기 때문'이라며 논리적으로 설명하는 글을 올렸지만, 역시 끝에는 말다툼이 벌어지고 말았습니다.

둥근 얼굴에 따뜻한 눈매를 한 우찬웨이는, 'GDG 타이난GDG台南[08]'의 멤버입니다. 그는 대학에서 정보 공학을 공부하고, 미

---

[08] 구글 기술에 흥미를 가진 개발자들의 모임. 국내에도 수많은 GDG 지부가 활동 중입니다. -역주

국 플로리다주의 IT 관련 대학원에서 석사과정을 수료했습니다. 그리고 몇 년 전 고향 타이난으로 돌아와 코워킹 스페이스coworking space인 '호상공작실Goodideas-Studio'을 설립했습니다. 그의 아내는 아침부터 밤까지 일하는 회사원인 반면, 우찬웨이는 재택근무가 가능했습니다. 그래서 부부 협의하에 그가 집에서 육아를 하고 있었습니다.

엔지니어로서 일반적으로 프로그램을 작성해 문제를 해결하는 역할을 맡았던 그는, 많은 사람이 마스크 찾기에 시간을 허비하고 패닉에 빠지는 모습을 보고 이렇게 생각했습니다. '마스크를 살 수 있는 편의점을 서로 알려줄 수 있는 프로그램을 만들면, 헛걸음하지 않아도 되는 게 아닐까?' 정보가 투명하면 투명할수록, 패닉을 일으키는 사람도 줄 것이었습니다.

초보 아빠 우찬웨이는 낮에는 업무와 육아를 함께 하느라 바빠 시간이 없었습니다. 그래서 6개월 아이를 재운 뒤, 밤 12시부터 다음 날 아침 8시까지 밤을 새서 프로그램을 작성했습니다. 그는 '편의점 마스크 지도'의 정확도를 높이기 위해 유료 구글 지도를 사용했는데, 당시에는 가족과 친구들 정도만 사용할 것이라 여겨 구글에 사용료를 지불한다고 해도 수천 대만달러(원화로 약 30만 원) 정도일 테니, 자비로도 충분히 충당할 수 있겠다고 생각했습니다.

2020년 2월 2일 오전 10시, 우찬웨이는 정식으로 '편의점 마스크 지도'를 자신의 웹사이트에 업로드하고, 자주 이용하던 온라인 커뮤니티에도 공유했습니다. 그런데 뜻밖에 이 소식이 널리 퍼져 초당 방문자가 800~900명을 기록하더니, 6시간 후에는 총 조회수가 50만 회 이상에 다다랐습니다. 구글 계정에 2만 달러(원화로 약 2,000만 원)라는 거액이 청구된 것을 확인한 그는, 깜짝 놀라 즉시 사이트를 중단했습니다.

우찬웨이는 고민했습니다. 많은 사람에게 이 정보가 필요하기 때문에 이 같은 대량 접속이 발생했다는 것은 알았지만, 금액은 이미 그가 부담할 수 있는 범위를 넘어섰습니다. 궁리 끝에 그는 가급적 비용이 들지 않는 방향으로 프로그램을 수정한 뒤 다음 날 재차 사이트에 업로드했지만, 그럼에도 불과 이틀 사이에 구글 계정의 청구액은 2만 6천 달러로 불어났습니다(이후 구글이 마스크 지도를 '신종 코로나바이러스 감염증 대책 프로젝트'란 공익 소프트웨어로 인정해 청구를 취소하자, 그는 놀란 가슴을 쓸어내렸습니다.).

2월 3일 밤, 오드리 탕은 7,000명이 넘는 대만의 시빅해커(정부가 공개한 데이터를 기반으로 시민의 삶을 도울 수 있는 애플리케이션을 개발하는 엔지니어)들이 모인 온라인 커뮤니티 g0v(영시정부)에서 마스크 지도의 존재를 알게 되었고, 디지털 장관으로서 우찬웨이를 수소문했습니다.

당시 대만 정부는 편의점만으로는 마스크 수요를 제대로 감당하기 어렵다고 판단하고, 마스크 배포 및 판매를 대만 전역의

6,280개 약국에 위탁하는 방안을 검토하고 있었습니다. 대만의 국영 건강보험제도인 '전민건강보험'에는 거의 모든 국민과 체류 외국인이 가입되어 있고, IC칩을 내장한 건강보험카드로 개인정보가 관리되고 있습니다. 따라서 이를 활용해 신원 확인을 거쳐 일주일에 인당 2장의 마스크를 구입할 수 있도록 하는 것이 정부의 구상이었습니다.

다만 이 '마스크 실명제'를 당장 2월 6일부터 시행할 예정인데, '이런 단기간에 마스크 지도를 개발할 수 있는 사람이 있을까'가 정부의 고민이었습니다. 거기서 오드리 탕이 생각해 낸 것이, 자신이 잘 아는 g0v였던 겁니다.

키보드로 나라 구하기

g0v는 대만의 프로그래머 가오지아량高嘉良, 우타이훼이吳泰輝, 구샤오웨이瞿筱葳에 의해 2012년 결성된 개발자 그룹으로, 오드리 탕도 초기부터 그 일원으로 활약했습니다. 시빅해커를 자처하는 이들은, 설립 이래 "정부의 역할을 처음부터 다시 생각하자"라며, 정부에 정보를 공개하고 정치의 투명성을 확보할 것을 요구하는

한편, 시민들의 사회 참여를 촉구하기 위해 누구나 무료로 사용할 수 있는 정보 플랫폼과 도구 개발에 주력해 왔습니다.

오드리 탕은 디지털 장관으로 취임하기 전부터 g0v의 멤버들과 함께 커뮤니티에 참여했으며, 여러 해커톤hackathon을 주최했습니다. 해커톤이란 해킹hacking과 마라톤marathon이 결합된 조어로서 '마라톤식 기술 창작 활동'이라는 의미를 가집니다. g0v는 각자가 협력하며 프로젝트를 진행하는 이러한 해커톤을, 2개월에 1번씩 개최하는 결속력 강한 전문가 커뮤니티입니다.

오드리 탕은 g0v 공개 포럼에서 현재 정부는 모든 사람이 마스크를 살 수 있도록 마스크 실명제 판매를 실시할 의향이 있다는 것, 그리고 자신이 정부의 조정에 참여해 건강보험 특약약국의 주소 데이터, 마스크 배포 재고 등을 공개하겠다고 밝히며 우찬웨이에게 '약국판' 마스크 지도를 새롭게 만들어줄 수 있는지 물었습니다.

발표는 g0v 내에서 폭발적인 반응을 얻었습니다. 그리고 우찬웨이가 이 소식을 구글 커뮤니티에 공유하자 똑같이 열렬한 반향이 일어나 두 명의 커뮤니티 엔지니어가 패기만만하게 솜씨를 발휘할 준비를 하게 되었습니다. 우찬웨이는 여기에 GDG에서 추가 섭외한 지원자들을 더해 총 6명의 개발팀을 꾸려 이 임무를 맡았습니다.

2월 4일 오후, 오드리 탕은 쑤전창蘇貞昌 행정원장(우리나라의 국무총리)에게 기획안을 제출하고 승인을 받았습니다. 2월 5일 아침에 대만 정부는 데이터 형식을 공개했으며, 우찬웨이를 비롯한 엔지니어들은 다시 한번 밤을 새워서 '약국 마스크 지도'를 완성시켰습니다.

이윽고 2월 6일 오전 10시, 마스크 실명제 시행과 함께 정식 공개된 약국 마스크 지도는 대만 전국에 있는 6,000여 곳의 약국 데이터를 망라했으며, 이를 기반으로 사람들은 집 주변의 마스크 판매점 위치와 재고를 알 수 있었습니다. 당초 마스크 재고 현황 갱신 주기는 30분에 1회였지만, 이후 개량되어 30초에 1회가 되었습니다.

정부가 모든 데이터를 공개했기 때문에, 누구나 이를 이용해 프로그램을 만들어 무료로 공개할 수 있었습니다. 수많은 엔지니어가 개발에 참여하면서 시각장애인이 음성으로 검색할 수 있는 지도를 비롯하여 140여 종에 이르는 마스크 지도 애플리케이션이 등장해, 각자 필요에 따라 원하는 지도를 선택할 수 있게 되었습니다.

이 중 우찬웨이 팀의 약국 마스크 지도는 2월 6일부터 4월 30일까지 누적 1,600만 명이 이용했습니다. 4월 30일부터는 마스크가 원활하게 수급되면서 약국에 줄을 서는 사람들이 사라졌으므로, 이 앱은 성공적으로 역할을 마무리했습니다.

우찬웨이는 이번의 잊지 못할 경험에 대해 이렇게 이야기했습니다.

"우리는 프로그래밍에는 자신이 있었지만, 정부로부터 참여할 기회를 얻지 못했기에 어떻게 도울 수 있는지 알지 못했습니다. 하지만 이번에는 우리의 필요나 언어를 잘 알고 있는데다, 정부 내부와도 소통할 수 있는 오드리 탕 정위가 중간에서 양자를 잘 조율해 주었습니다. 적어도 일주일은 걸릴 것이라고 예상됐던 마스크 지도 애플리케이션이 모두가 단 하룻밤을 새운 것만으로 완성된 것은 전부 그 덕분입니다."

우찬웨이와 동료들은 이러한 자신들의 행동을 장난스럽게 '키보드로 나라 구하기'라고 부릅니다.

마스크 실명제 4.0

오드리 탕은 민간 전문가들과의 협력을 통해서 사람들이 원하는 서비스를 극히 단기간에 개발하는 데 성공했습니다. 오드리 탕은 이를 포함해 그 실행력과 독특한 일화에 주목한 전 세계 언론으로부터 'IQ 180 천재 디지털 장관'으로 불리며 일약 화제로 떠올랐습니다.

하지만 그는 스포트라이트를 받아도 자만하지 않고, "제 키가 180cm인데, 모두 키와 IQ를 혼동하고 계신 걸까요." 하며 농담을 던지고는, 이내 진지하게 "마스크 지도 개발은 커뮤니티 친구들의 협력 덕분입니다. 이것은 일종의 소셜 이노베이션이지, 저 혼자의 공적이 아닙니다."라고 분명히 밝혔습니다.

대만은 마스크를 중요한 방역 물자로 간주해서, 이후에도 마스크 구매 시스템을 계속해서 개량했습니다. 예를 들어 약국에 가서 줄을 서면 마스크를 구입할 수 있었지만, 이삼십대의 젊은 세대로서는 일이나 학업으로 바쁜 낮 시간대에 원하는 대로 마스크를 살 수 없어 불만을 갖기 쉬웠습니다. 공중보건 전문가의 기준에 의하면, 마스크 보급률이 인구의 70%를 넘으면 예방 효과가 나타나며, 90%에 다다르면 대규모 감염이 일어나지 않습니다. 따라서 '어떻게 하면 젊은 세대도 마스크를 구할 수 있을까'가 이어서 해결해야 할 과제였습니다.

대만 정부는 약국에 24시간 편의점을 추가한 판매망을 구축하기로 했습니다. 우선 대만 위생복리부(우리나라의 보건복지부)의 중앙건강보험서中央健康保險署 공식 사이트에서 마스크를 예약하고 요금을 미리 지불하면, 이후에 편의점에서 받을 수 있는 알고리즘을 짰습니다. 이번에는 개인정보가 관련되어 있어, 정부 내 IT 팀에서 프로그램 개발에 착수했습니다. 그런데 며칠이 지나 공개 직전 마지막 단계에서 돌연 큰 문제가 발생해 일정이 연기될 우려가 발생했습니다. 이에 오드리 탕은 한밤중에 기술 책임자에게 "나도 돕겠다"고 연락하여, 장관 신분임에도 프로그래밍 멤버로 가세, 이틀 동안 한 명의 엔지니어로서 함께 임무를 완수했습니다.

그리하여 3월 12일에 '마스크 실명제 2.0'이 공개되었습니다. 앞서 소개했듯 한 누리꾼이 미구매 마스크를 각국 의료종사자에게 기증하겠다고 제안한 것은, 그로부터 한참이 지났을 때입니다. 그다음 4월 22일에는 '마스크 실명제 3.0'이 개시되어, 대만 전국 1만 개 이상의 편의점에서 기계에 건강보험카드를 꽂는 것만으로 마스크의 예약 및 구입이 가능해졌습니다.

그리고 4월 27일, 중앙건강보험서의 소프트웨어에 '마스크 기증'이라는 선택지가 추가되자, 불과 일주일 만에 48만 명이 넘는 사람들이 총 393만 장의 마스크를 기부했습니다. 이 마스크는 대만 외교부를 통해 대만의 우방국에 기증되었습니다. 대만 누리꾼들은 이 업그레이드 버전을 비공식적으로 '마스크 실명제 4.0'이라고 부릅니다. 대만에 거주하는 외국인들도 마스크 구입 시스템의 개선 과정을 보면서, "정책이 진화를 거듭하고 있나"며 감탄했습니다.

한편 상대적으로 감염세가 약했던 대만에 많은 나라가 관심을 보였습니다. "록다운도 휴교도 하지 않고, 도대체 어떻게 방역에 성공했는가?"가 그들의 공통된 질문이었습니다.

영어를 모국어처럼 유창하게 하는 오드리 탕은, 마스크 지도의 성공 경험을 전하고자 2월부터 유럽과 아시아 각국의 미디어 20곳 이상과 인터뷰를 진행했습니다. 최근 미국 CNN과의 인터뷰에서는 대만 정부의 방역 대책을 '3F'로 정리해서 소개했습니다. 바로 검역 조기실시(Fast), 방역 물자의 공평한 분배(Fair), 방역에 대한 즐거운 커뮤니케이션(Fun)이었습니다.

이 중 'Fun(즐거운 커뮤니케이션)'에는 두 가지 방법이 있습니다. 첫 번째는 가짜 뉴스 대처법입니다. 가짜 뉴스가 넘쳐나는 요즈음, 오드리 탕은 정부가 사실을 알리는 것은 물론, 사회 분위기도 함께 바꿔야 한다고 생각했습니다. 가짜 뉴스를 만들고 퍼뜨리는 사람들은 사람들의 분노를 기반으로 정보를 확산시키려고 합니다. 이에 대항해 유머를 통해 진짜 정보를 전달한다면, 의혹으로부터 발생하는 불안감을 해소할 수 있을 뿐 아니라, 사람들의 '분노'를 '즐거움'으로 바꿀 수 있습니다.

오드리 탕에 따르면 '한 시간 안에 유머를 섞어 진짜 정보를 송신하여 반격'할 수만 있다면, 사람들이 웃으면서 흔쾌히 진실을 공유해 주기 때문에, 인터넷상에서 진짜 정보가 가짜 정보보다 빠르게 퍼진다고 합니다. 그는 말합니다. "이렇게 하는 편이 단순하게 사실을 밝히는 것보다 효과적입니다."

또 영국 BBC 인터뷰에서는 또 다른 '유머 커뮤니케이션'을 소개하며, 그것이 정부의 방역정책 전파에도 사용되었음을 이야기했습니다. 시작은 방역 선전이라는 큰 역할을 맡은 위생복리부 소셜 네트워크 담당자가 공식 페이스북[09]에 반려견 사진을 이용한 말풍선 이미지를 올렸는데, 뜻밖에 뜨거운 호응을 얻은 것이었습니다.

"이후 위생복리부에는 대변인만이 아니라, 대변견(대변하는 개)도 있게 되었습니다." 오드리 탕은 웃으면서 말했습니다. 위생복리부의 사랑스러운 시바견은 페이스북에서 마스크의 올바른 착용법을 알려주기도 하고, 감염 상황이 긴박할 때에는 집에서 TV와 영화를 볼 것을 권하기도 하고, 상황이 안정될 때는 '방역신생활(감염병에 대응하는 새로운 생활방식)'의 일환으로 교외로 놀러가자고 격려하기도 했습니다.

다양한 해외 미디어와의 인터뷰를 보면, 오드리 탕이 아무리 긴 질문에도 어떻게 대응해야 할지를 순간적으로 판단해, 정확한 영어로 거침없이 답하고 있음을 알 수 있습니다. 중학교를 떠난 이래 정규교육을 받지 않은 그가, 어떻게 이 정도로 영어를 유창하게 구사할 수 있는 걸까요?

오드리 탕은 독학으로 영어를 공부했으며, 시기에 맞게 다양한 콘텐츠를 교재로 활용해서 자신의 실력을 키워 왔습니다. 20세부터는 오픈소스 소프트웨어oss 국제 포럼에 적극적으로 참여하며, 영어로 발표하고 답변을 했습니다. 2005년이 되자 영어로

---

09   대만 위생복리부 페이스북(facebook.com/mohw.gov.tw)에서 찾아볼 수 있습니다. -역주

블로그를 쓰기 시작했으며, 2015년부터는 영어 랩에 빠졌습니다.

오드리 탕은 자신의 영어 학습 비결에 대해 "영어 힙합 음악의 랩을 듣고 공부하는 것"이라고 흔쾌히 가르쳐 주었습니다. 참고로 공부했던 자료 중에서 가장 마음에 들었던 것은 미국 브로드웨이의 유명 뮤지컬인 〈해밀턴Hamilton〉이었다고 합니다. 이 뮤지컬은 미국 건국의 아버지인 알렉산더 해밀턴Alexander Hamilton의 생애를 그린 작품으로, 극중 독특한 랩 음악이 다수 삽입되어 있습니다.

그중 특히 좋아하는 추천곡 〈Wait for It〉, 〈Satisfied〉는 아무 생각 없이 부를 수 있을 정도로 외웠다고 합니다. 한 미디어 기자와의 다과회에서는, 노래를 불러 달라는 즉흥 요청에 응해 부른 적도 있습니다.

천재 해커의 정치 참여

어떻게 오드리 탕과 같이 정치 경험이 전혀 없던 사람이 대만 내각에서 장관이 될 수 있었는지, 많은 사람이 궁금해합니다.

대만에서 정계에 입문하기 위해서는 크게 세 가지 경로가 있습니다. 첫 번째는 선거입니다. 입법의원, 지사, 시의원 등은 반드시 선거에서 당선되어야만 그 자리에 오릅니다. 두 번째는 국가 공무원이 되는 것인데, 공무원 시험에 합격하여 하위 공무원부터 시작하게 됩니다. 근무 성적이 뛰어나면 보통 부회의 차장(차관)까지 승진할 수 있고, 드물게는 부장(장관)이 되는 사람도 있습니다. 한번 공무원 시험을 통해서 채용되면, 정권이 교체되어도 담당 업무에서 큰 문제가 없는 한 정년까지 일할 수 있습니다.

세 번째는 추천입니다. 정권 성공을 좌우하는 주요 직위, 예를 들면 행정원 각 부회의 부장 같은 자리에는 총통 또는 행정원장이 여러 분야의 리더들에게 의견을 구한 다음, 그에 따라 정책 추진에 최적이라 생각되는 인물을 앉힙니다. 그러므로 교수부터 기업 수장, 유명한 운동권 인사까지도 모두 부장 또는 차장 위치에 오를 수 있습니다. 하지만 선거에 의해서 정권이 교체되면, 이렇게 추천으로 뽑힌 사람들은 일반적으로 옷을 벗게 됩니다.

2016년 35세의 오드리 탕은 추천을 받아 린취안林全 내각의 디지털 장관이 되었습니다. 추천사는 마잉주馬英九 전 총통 시절 법정 정무위원이었던 차이유링蔡玉玲입니다. 차이유링은 오드리 탕이 취임할 때 "정부 시스템의 버전 업데이트를 부탁합니다!"라고 이야기했습니다.

오드리 탕이 맡은 정무위원이라는 직위는 부회의 부장(우리나라의 장관)에 상응하는 직위이지만, 담당하는 업무는 통상 부회를 아우르는 특별 프로젝트이지, 한 부회의 특정 업무가 아닙니다.[10] 그가 취임하기 전 대만에는 하드웨어 기술 산업을 담당하는 기술정무위원만 존재했으며, 디지털 거버넌스digital governance[11]를 담당하는 정무위원은 없었습니다.

차이유링이 지난 몇 년 간 정부에서 일하며 깨달은 것은 대만 전국에서 스마트폰이 사용되는 시대에, 국정 운영은 마치 오래된 휴대전화 같다는 것이었습니다. 민의 수렴부터 정책 연구 및 실행에 이르기까지 모든 과정에서, 정부의 대응에는 인터넷과 기술을 활용한 유연함이 부족했습니다. 그 결과 좋은 정책을 펴도 사람들의 불만을 초래할 수밖에 없었습니다. 이에 그녀는 다음과 같이 주장했습니다.

"정부란 굉장히 복잡한 기계와 같은데, 현재는 각자가 자신 앞에 있는 하나의 버튼만을 조작하고 있습니다. 한 사람이 버튼을 눌러서는 움직이지 않고, 전원이 일제히 버튼을 눌러야만 나아가는 우리 기계는 업그레이드가 절실히 필요합니다. 특히 부회를 아우르는 새로운 업무라면, 책임자를 찾는 데만도 상당한 시

---

10 정확하게 말하면 대만의 장관 계급은 정무위원(무임소 장관)과 부회 부장(장관)으로 구분됩니다. 무임소 장관은 명확한 부회가 결정되어 있지 않고, 여러 부회에 관여할 수 있는 장관입니다. -역주

11 공동의 목표를 달성하기 위하여, 주어진 자원 제약하에서 모든 이해 당사자들이 책임감을 가지고 투명하게 의사 결정을 수행할 수 있게 하는 통치 시스템인 거버넌스(governance)에, 디지털 기술을 접목해 사회를 운영하는 메커니즘입니다. -편집주

간이 걸립니다. 왜냐하면 어느 부회도 자신들이 주도해야 한다고 는 생각하지 않기 때문입니다."

그렇다면 마스크 지도 애플리케이션처럼 사람들이 지금 가장 필요로 하는 서비스야말로, 차이유링이 말했던 "부회를 아우르는 새로운 업무"의 대표적인 예가 아닐까요?

짧은 머리에 검은 안경을 쓴, 세련된 인상의 차이유링은 산업 계와 디지털 유관 법령을 모두 꿰뚫고 있는, 대만의 몇 안 되는 전문가입니다. 그녀는 법학부를 졸업하여 변호사 자격을 취득하 고 사법관으로 9년 동안 재직한 뒤, IBM 대만지사에서 일했습니 다. 그 후 7년 만에 대중화구 법무장大中華区法務長이 되었습니다. 이후 독립해서 법률 사무실을 열었고, 2013년에는 추천을 받아 정무위원이 되었습니다. 임기 대부분을 전자상거래와 관련된 디 지털 경제법 정비에 힘썼고, 정부와 시민이 함께 법령을 토론하는 온라인 플랫폼 '브이타이완vTaiwan'도 만들었습니다.

그녀는 민간 커뮤니티의 역량을 모아 정책을 추진하는 능력이 뛰어났습니다. vTaiwan을 설립하는 과정에서 시빅해커 단체 g0v 와 접촉했으며, 이때 오드리 탕을 포함한 핵심 멤버들을 알게 되 었습니다. 그리고 사회 문제에 대한 그들의 열의 넘치는 자세에 깊이 공감했습니다. g0v 멤버들에게 "나도 법률 해커가 되고 싶 다!"고 말한 그녀는, 지금도 그 이상의 일부를 실현해 가고 있습 니다.

2016년에 오드리 탕은 차이유링 등의 추천에 의해서 시빅해커라는 DNA를 갖고, 정무위원으로 취임했습니다. 오드리 탕은 행정원의 정위 사무실, 즉 옛 차이유링의 사무실에서 일을 시작했습니다. 이러한 '신분의 뒤바뀜'에 대해 차이유링은 농담으로 "장관이 해커가 되고, 해커가 장관이 되는 것은, 아마 사상 최초겠지요."라고 말하기도 했습니다.

화이트 해커에의 공감

오드리 탕은 8세부터 프로그래밍을 배웠고, 어린 시절부터 해커 문화를 동경했습니다. 일반적으로 해커라고 하면 컴퓨터 보안을 위협하는 범죄자라고 생각합니다. 그러나 해커hacker에는 화이트 해커와 블랙 해커의 두 종류가 있습니다. 블랙 해커가 '크래커cracker'라고도 불리는 범죄자인 데 비해, 화이트 해커에게는 달리 더 깊은 의미가 있습니다.

'해커'라는 용어가 막 출현한 1960년대 대만에서는 영어 hacker가 그대로 쓰였습니다. 이미 기술 연구의 요충지였던 매사추세츠 공과대학MIT에서는 최첨단 기술로써 인류의 풀기 어려운 수수께끼에 맞서 마치 나무꾼이 도끼를 한 번 휘둘러 '큰 나무를 베는hack' 것처럼, 이노베이션을 이루는 행위를 hacking이라 부르고, 그 행위자를 hacker라고 불렀던 것입니다.

1980년대에 들어서면서 프리 소프트웨어 운동을 일으킨 리처드 스톨먼Richard Stallman은 "해킹의 세 가지 특징은 놀이성playfulness, 지성cleverness, 탐험 정신exploration"이라며, "탐구심을 갖고 난제를 해결하려는 사람이 해커"라고 명확하게 설명했습니다.

이후 해커에 관한 논의가 늘어나면서, 점차 해커가 추구하는 세계관에 대한 공통적인 인식이 형성되었습니다. 이를 한마디로 말하면, "권위와 비즈니스 등의 틀을 포기하고, 누구나 컴퓨터와 네트워크에 무료로 자유로이 접근할 수 있는 권한을 가지게 하여, 현실 세계를 개선하고 진보를 가속화한다."입니다.

하지만 이런 숭고한 이상은 현실 세계에서 여러 시련에 직면했습니다. 특히 해커를 자칭하는 사람들이 사익을 위해서 악의적으로 컴퓨터 시스템에 침입하여 파괴 활동을 벌이고, 그것이 언론에 보도되면서, 해커의 이미지는 본래 의미를 떠나서 '컴퓨터 기술 전반에 능력이 뛰어난 범죄자'로 변해 갔습니다. 하지만 사실 해커의 세계에는 해커들의 윤리가 있습니다. 컴퓨터 네트워크에 침입해서 신용카드 정보를 유용하거나 타인의 은행 계좌에 침입하는 사람은 범죄자일 뿐이지, 절대 해커가 아닙니다.

어린 시절부터 화이트 해커의 이념에 공감한 오드리 탕은, 해커가 사회 진보의 원동력이 되어야 한다고 생각했습니다. 그것이 바로 시민의 정치 참여에 관심을 가지는 프로그래머, 시빅해커 civic hacker 로서의 원점이었습니다. 오드리 탕은 오랫동안 시민 사회의 문제에 관심을 가졌으며, 사회 문제를 해결하려는 해커의 DNA를 갖고 정부의 일에 빠져들었습니다. 그는 34세가 되자 성공적으로 운영하던 사업을 정리하고, 공무원이 되기로 마음먹었습니다.

하지만 그는 이 결심이 사명감에 의한 것이 아니라 "단순한 흥미일 뿐"이라고 누차 강조했습니다. 이처럼 단순 호기심에서 출발해 문제 해결에 접근하는 것이야말로 해커 정신의 핵심입니다. 그렇게 정부의 일을 시작한 오드리 탕이 최초로 실현한 이노베이션은, '사람들이 원하는 장소를 만들어 내는 것'이었습니다.

대만의 그레타 툰베리

신주新竹시에 거주하는 아름다운 16세 소녀 왕수안루王宣茹는 어느 날 고등학교 1학년 사회 수업에서 정부의 공공 정책 참여 네트워크 플랫폼, '조인Join'을 통해 누구나 인터넷으로 정책을 제안할 수 있다고 배우고, 실제로 제안해 보는 숙제를 받았습니다.

그녀는 유엔 평화 메신저이자 유명 영화 배우인 레오나르도 디카프리오Leonardo Dicaprio가 제작한 다큐멘터리 영화 〈비포 더 플러드before the flood〉를 보고, 기후변화와 환경 문제에 관심을 갖게 되었습니다. 그래서 '나는 코끼리가 좋고, 코끼리도 나를 좋아해我愛大象大象愛我'라는 닉네임으로 Join에 "대만 전역에서 일회용 식기의 사용을 금지해 나가야 합니다"라는 취지의 서명 활동을 제안했습니다.

이유는 '매일 800만 톤이 넘는 쓰레기가 바다로 흘러 들어가는데, 대부분이 플라스틱으로 만들어진 일회용 식기이다. 이렇게나 많은 쓰레기가 전 세계에 널려 있다면, 해양 생물이 얼마나 많은 양을 삼켰을까' 하는 걱정이 들었기 때문이었습니다. 이 제안은 큰 호응을 얻어 금세 5,253명의 서명이 모였습니다.

"제안하기만 하면 그것으로 끝인지 알았는데, 일이 그렇게 진행되어 매우 놀랐습니다." 왕수안루는 행정원 환경보호서(우리나라의 환경부)에서 전화를 받고, 타이베이에서 열리는 회의에 초대된 경험을 회상하며 이렇게 말했습니다.

대만 정부의 규정에 따르면, Join에서 5,000명 이상의 서명을 받은 제안은, 반드시 회의에 제안자를 초대하고 관련 부회가 모여 함께 대책을 의논하게 되어 있습니다. 회의 당일 환경 문제 갈등을 숱하게 처리한 정부 관계자들은, '5,000명 이상의 서명을 받을 만큼 응집력 있는 환경 단체의 거물이 틀림없다'면서, '언제나처럼 살벌한 언쟁이 벌어지지 않을까' 예상하고 제안자를 기다렸습니다. 하지만 막상 회의실 문이 열리고 들어온 것은 예의 바른 16세 소녀였습니다. 왕수안루가 회의에 참석하기 위해 오빠와 함께 신주시에서 타이베이로 온 것이었습니다.

2017년 7월의 일이었습니다. 이 공식 부회 협동회의에는 환경 보호서 공무원 5명을 비롯해 이해관계자인 일회용 식기 제조업체와 환경보호단체 사람들, 제안에 찬성하는 시민(자영업자, 가정주부 등), 위생복리부(우리나라의 보건복지부) 대표, 재정부(우리나라의 기획재정부)의 열린 정부 담당자까지, 도합 20명이 모였습니다. 오드리 탕도 관련 업무 책임자로서 이 회의에 참석했습니다.

회의가 시작되자, 먼저 왕수안루가 자리에서 자신이 제안한 이유를 말했습니다. 이에 일회용 식기 공장 사장이 그녀에게 언짢은 투로 항의했습니다.

"애초에 대만에 B형 간염이 유행해서, 정부가 일회용 식기 사용을 추진했습니다. 이런 요구가 없었다면, 저도 일회용품을 만들지 않았을 것입니다!"

어른이 16세 소녀에 대해 이렇듯 도전적인 태도를 취하자, 왕수안루는 놀란 나머지 말문이 막혔습니다. 하지만 참가자들의 다각적인 논의를 통해서, 점차 공감대가 형성되었습니다. 5시간에 걸친 회의가 겨우 마무리될 즈음에는 여러 새로운 정책들이 쏟아져 나왔습니다. 2019년 7월 이후 플라스틱 빨대 사용을 단계적으로 금지하자는 정책도 그중 하나였습니다.

대만은 버블티의 왕국이며, 매년 소비되는 빨대도 수억 개가 넘는 엄청난 양입니다. 환경보호서에서는 일단 음식점에서 마시는 음료에 플라스틱 빨대를 기본으로 제공하지 못하게 했습니다. 이 새로운 정책 덕에 대만에서는 매년 1억 개의 빨대 소비를 줄일 수 있게 되었습니다.

왕수안루는 대만의 중원대학中原大學 인테리어디자인 학과에 입학했습니다. 그녀는 그 회의 이후로 세상을 보는 시야가 넓어지고, 공감 능력이 커지면서 한 사건에는 이를 바라보는 다양한 시각이 있다는 것을 알았다며, 만약 다시 같은 기회가 주어진다면 좀더 넓은 시각에서 일회용 식기 업체와 토론해 보고 싶다고 말했습니다.

그녀에게 오드리 탕의 인상을 물었더니, 조금의 시차를 두고 다음과 같은 답이 돌아왔습니다. "사고력과 반응력이 굉장히 뛰어났고, 유머 있는 사람이었습니다."

한편 이 깜짝 등장 이후로 대만 언론은 왕수안루를 "대만의 그레타 툰베리Greta Thunberg[12]"라고 불렀습니다.

---

12 스웨덴의 청소년 환경운동가. 2018년 금요일마다 스웨덴 의회 앞에서 기후변화 대책 마련을 촉구하는 1인 시위를 벌였고, 세계적 환경운동 '미래를 위한 금요일'을 촉발시켰습니다. -편집주

민의는 어디에: 제로섬에서 공화로

16세 고등학생 소녀의 제안이 어떻게 5,000명 이상의 서명을 받았을까요? 오드리 탕은 다음과 같이 분석했습니다.

"15세에서 17세의 나이는 자신의 이익을 위해 제안하는 일이 없으므로 가장 좋습니다. 처음부터 사심 없이, 자신이 아닌 다음 세대를 위해, 소수가 아닌 모든 사람을 위해 제안하므로 많은 그룹이 이에 공감하고 함께해 줍니다. 또 그 이후에도 브레인스토밍을 통해 더 많은 사람을 끌어들일 수 있게 됩니다."

투표권이 없는 고등학생에게 있어, 이러한 플랫폼에 제안하는 경험은 민주사회에서 시민이 어떻게 힘을 발휘하는지를 몸소 배우는 첫걸음이 됩니다.

16세 고등학생이 어떻게 정부의 정책에 관여할 수 있었는지를 좀 더 생각해 보면, 그 비결은 바로 '인터넷'과 '협동'에 있습니다. 이는 오드리 탕이 입각한 이래 펼친 디지털 거버넌스의 실질적인 사례 중 하나입니다.

스스로 사회운동에 참여한 경험이 있었기에, 오드리 탕은 2016년 디지털 장관에 취임하자마자 정부와 시민 간의 신속한 의사소통이 얼마나 중요한지를 바로 이해했습니다. 그래서 기존의 Join 플랫폼을 더욱 적극적으로 운용하여, '수동적인 제안 접수

사이트'에서 '능동적인 문제 해결 사이트'로 바꾸어 나갔습니다.

오드리 탕은 IT 업계에서는 이미 통용되는 '협업(협동)'이라는 개념을 행정에 도입했습니다. 또한, 스스로가 협동회의 설립을 촉진하는 중재자가 되어서, 정부와 시민 간의 의사소통을 가능하게 했습니다.

협동회의 참석자는 통상 수십 명으로 회의장에 직접 오는 사람도 있고, 온라인 화면으로 참가하는 사람도 있습니다. 이들은 서로 입장 차이로 팽팽하게 대립하기 일쑤입니다. 이전에는 논쟁이 벌어지면 민간측 대표들이 책상을 치면서 공무원들과 대치하는 모습을 종종 볼 수 있었습니다. 이런 종류의 회의 진행은 난도가 높기에, 경험과 노하우를 함께 갖춘 중재자의 존재 여부가 성공을 좌우했습니다.

오드리 탕에게 있어 이러한 협동회의에 참가하는 것은 굉장히 익숙한 길을 걷는 것과 같았습니다. 그는 일찍이 프로그램 개발팀의 일원이었으며, 데이터를 공개하고 업그레이드를 거듭해 성과를 함께 맛보는 협업의 세계에 익숙했기 때문입니다.

협동을 잘하기 위해서는 그 형식도 중요하지만, 어쩌면 다른 사람들의 다양한 의견을 선뜻 이해할 수 있는 사람이 있는지가 더 중요할지도 모릅니다. 이를 거의 직감적으로 체득하고 있던 오드리 탕은, 다른 의견을 가진 상대에게 해야 하는 일은 설득이 아니라 상대방의 입장을 이해하는 것이라고 생각했습니다. 그 사람의 입장에서 타인과 토론할 수 있을 정도까지, 그 사고를 전적으로 이해해야 하는 것이었습니다.

철저하게 이해하고 공방을 멈춰 '제로섬(한쪽이 이기고 한쪽이 지는)'을 '공화(양자가 함께 이기는)'로 바꾸지 않으면, 서로 납득할 수 있는 합의점에 도달하기 어렵습니다. "원점에서 다시 생각하자"를 표방하는 g0v와 함께해 온 오드리 탕은, 이런 각오로 지금까지 50석 이상의 협동회의에 임했습니다.

어떻게 Join과 같은 정책 제안 플랫폼에서 실제 정책이 만들어질 수 있는 것일까요?

오드리 탕은 "제가 이 회의에서 담당하고 있는 역할은 '통역자이자 전달자'일 뿐입니다. 시민들로부터 천 가지 제안이 들어오면, 사실 정말 쓸모 있는 것은 한두 가지이고, 나머지는 쓸모가 없습니다. 하지만 중앙 공무원들은 너무 바빠 이를 가려낼 시간이 없어서, 제가 가려내고 있을 뿐입니다."라고 설명했습니다.

그는 또 이렇게 덧붙였습니다.

"제 역할은 시민이 협동회의라는 자리에서 논의하며 자신의 생각을 공통의 가치로 수렴시킬 수 있게 도움을 주는 것입니다. 그렇게만 하면 중앙 공무원들도 추가로 4~5시간 정도만 투자함으로써 자신의 일에서 어느 부분을 더 살릴 수 있을지 알고, 더 열심히 협력하게 됩니다. 저는 최근 몇 년 동안 대만의 공무원들이 이노베이션에 매우 적극적이라고 생각하게 되었습니다."

열린 정부:
온라인 확정 신고 소프트웨어 업그레이드

2020년 5월 확정 신고 기간(우리나라의 연말정산과 같은, 종합소득세 신고 기간)이 되었을 때, 대만의 많은 신고자는 온라인 확정 신고가 굉장히 간편해진 것을 알아차렸습니다. 스마트폰으로도 5~10분이면 끝낼 수 있었던 것입니다. 개선의 계기는 3년 전 Join에 올라온 제안이었습니다.

2017년 6월 1일, 38세의 쭈오지위안卓致遠은 점심 식사를 하려고 회사에서 나왔습니다. 마침 확정 신고 기간이었습니다. 식사를 하면서 스마트폰을 보니, 친구들이 "온라인으로 확정 신고하는 것이 너무나도 힘들다"며 불편을 토로하고 있었습니다.

감각 있는 안경을 쓰고 다니는 쭈오지위안은 산업디자이너로서, 사용자 인터페이스UI 전문가입니다. 이전에는 타이베이시 버스 정류장의 대기 시간 표시 시스템 설계에 참여한 적도 있었습니다. 그는 확정 신고 프로세스 일부에 문제가 있다고 확신했습니다. 얼마 전에 오드리 탕의 강연에서 들은, 정부 서비스를 보다 좋게 개선할 수 있도록 꼭 Join에 여러 제안을 해주면 좋겠다는 이야기가 문득 떠올랐습니다.

그래서 그는 남은 점심 시간을 활용해서 제안을 해보기로 했습니다. 즉흥적으로 "확정 신고 소프트웨어는 말도 안 되게 사용하기 힘들다"라고 제목을 붙였더니, "중요한 소프트웨어인데 매년 이렇게 사용하기 힘들 수가 있나요?", "Mac으론 아예 신고할수도 없습니다.", "매년 이 기간에 나라에 세금을 바치는데, 어째서 소프트웨어조차 제대로 만들어 주지 않는 걸까요?"라는 원망섞인 글이 줄줄이 뒤를 이었습니다.

불만이 쏟아졌고, TV에도 보도되기 시작했습니다. 오드리 탕은 "2일 후에 가장 강하게 비판하고 있던 사람을 재정부(우리나라의 기획재정부)에 초대했으며, 소프트웨어에 어떤 문제가 있는지함께 조사했습니다."라고 당시를 회상했습니다. 이 사건은 재정부와 불만을 호소하는 시민 사이를 '비 온 뒤에 땅이 굳어지듯' 단단히 연결했습니다.

이러한 복잡한 문제는 당연히 회의 한 번으로는 해결되지 않습니다. 오드리 탕이 참석했던 그 협동회의 뒤에 열린 새로운 회의에는, 문제를 제기했던 쭈오지위안도 한 명의 전문가로서 참여했습니다. 쭈오지위안은 이날을 "그저 불만을 호소하던 시민에서졸업해 내딛은 새로운 길이었다"고 회상합니다.

민관이 모두 참여하는 협동회의에는 어떤 효과가 있을까요? 오드리 탕은 말합니다.

"어떤 문제에 불만이 많은 사람은 그것에 한해서만큼은 정부의 담당자보다 더 전문가입니다. 그들의 의견을 수렴하면 정부는 더 나은 서비스를 제공할 수 있습니다."

즉 '진짜 전문가는 정부보다 민간에 있다'는 사실을, 오드리 탕은 잘 알고 있었습니다.

민관 협동회의의 의장은 항상 디자인 사고design thinking[13] 기법을 활용해 여러 지혜를 모으고, 다양한 이해관계자들의 관점에서 본 사실과 의견들을 정리하여, 그것을 바탕으로 논의를 진행합니다.

"우리가 다른 사람을 믿지 못하는 이유는 다른 사람을 잘 모르기 때문입니다. 과거 이러한 회의에서는 참석해야 하는 사람이 오지 않은 채 일방적인 의견만 나오거나, 참석해야 하는 사람이 왔더라도 각자의 생각만 말하고 끝나는 경우가 많았습니다. 협동회의의 장점은 여러 입장의 사람들이 모여서 논의하고, 대부분의 경우 누구나 받아들일 수 있는 가치를 찾는다는 것, 즉 모두에게 이익이 되는 다원적인 해결 방법을 찾는다는 것입니다."

그런 오드리 탕은 모든 협동회의를 항상 생중계하고, 회의가 끝나면 회의록을 온라인에 모두 공개합니다. 이렇게 개방적인 자세를 취함으로써 민관 관계를 넘어 회의에 직접 참석하지 않은 다

---

13 소비자가 가치 있게 평가할 비즈니스 전략에 대한 요구를 충족시키기 위해, 디자이너의 감수성과 작업 방식을 차용하는 사고 방식. 관찰하고 공감하여 소비자를 이해한 뒤, 확산적 사고와 수렴적 사고를 반복하며 혁신적인 대안을 찾는 창의적 문제 해결 과정 일체를 가리킵니다. –편집주

른 그룹에 대해서도 신뢰를 강화할 수 있다고 생각하고 있습니다. 이것이야말로 열린 정부입니다.

협동회의 의장을 지낸 장팡루이張芳睿는 이전에 영국 내각의 정책연구소Cabinet Office에서 서비스디자이너로 일했습니다. 제품이 아닌 서비스를 디자인하는 서비스디자이너로서 여러 협동회의에 참가한 경험을 갖고 있습니다. 평소에는 친절 그 자체인 장팡루이 지만, 일단 회의가 시작되면 진지한 얼굴로 적극적으로 회의를 이끌었습니다.

그는 회의 참석자들에게 마인드맵으로 자기 의견을 정리하도록 합니다. 예를 들면, 포스트잇을 돌려서 의견을 쓰게 하고, 이를 분류해서 정리하고 장내의 화이트보드에 붙이는 식입니다. 회의 중의 질문은 Q&A 플랫폼(Slido 등)을 활용해서 취합해 정리했으며, 투표 소프트웨어(Polis 등)를 사용해 참가자들의 의견을 모았습니다.

"논의를 기반으로 만들어진 이러한 회의 기록, 마인드맵, 회의 녹화 영상 등은 모두 정책을 만드는 이력의 일부가 됩니다." 장팡루이는 이렇게 설명했습니다.

지금도 유튜브 공개 채널에는 확정 신고 소프트웨어와 관련된 4시간 51분짜리 협동회의의 모든 영상이 남아 있습니다. 누리꾼들은 영상을 보고는, "참가하고 싶었습니다. 정말 재미있어 보입니다."라며 부러워했습니다.

여러 번의 협동회의(문제 확인)와 워크숍(문제 해결)을 거쳐 재정부는 세무 담당자, 사용자 인터페이스ui 전문가, 일반 시민의 의견을 모았으며, 1년차에 Mac 버전, 2년차에 웹 버전(Mac+Windows)에 이어, 마지막으로 3년차인 2020년에는 스마트폰 인증 시스템까지 개발했습니다. 3년에 걸쳐 새로운 확정 신고 소프트웨어를 완성한 것입니다. 최종 소프트웨어는 UI도 굉장히 깔끔하고 단순했으며, 스마트폰과 데스크톱 등 여러 운영체제os에서 잘 작동했습니다.

독자적인 독서법

오드리 탕은 매일의 스케줄, 인터뷰 전문, 회의 기록을 모두 온라인에 공개함으로써 '완전한 투명성'을 실현했습니다. 어떤 매체의 인터뷰와 촬영에도 제한을 두지 않습니다. 단 내용은 공개되어야 하며, 그것이 유일한 조건입니다. 초상권도 저작권도 포기하고, 모든 인터뷰 내용과 사진을 무료 공공자산으로 삼고 있습니다.

그래서 그의 사진과 목소리는 2차 창작의 소재가 되곤 합니다. 예를 들어 일본의 3인조 힙합 그룹 Dos Monos는 오드리 탕의 인터뷰 음성을 사용해서 〈Civil Rap Song ft. Audrey Tang〉이라는 곡을 만들어 유튜브에 올리기도 했습니다.

대만의 일러스트레이터인 황리페이黃立佩도 긴 머리를 한 오드리 탕이 컴퓨터 앞에서 일하고 있는 모습을 바다표범 모습으로 디자인했습니다. 이 캐릭터로 배지를 제작하고, 매출의 일부를 대만 방역 대책에 기부하고 싶었던 그는 오드리 탕에게 메일로 사용 허가를 요청했습니다.

그러자 오드리 탕은 "이건 바다표범이니까 제 동의를 받을 필요가 없습니다."라고 답했습니다. 그는 흔쾌히 자신을 '소재 라이브러리'로 삼고, '세상을 조금이라도 좋게 하고 싶다'는 사람들의 소망을 지지합니다. 이것이 바로 그의 스타일인 것입니다.

그런데 오드리 탕이 참석하는 회의는 전부 복잡한 공공 문제를 다루는 것이고, 더욱이 매 회의에는 정부의 복수 분야가 관여합니다. 어떻게 그는 이토록 짧은 시간에 수많은 분야의 정보를 이해할 수 있는 것일까요? 자료든 책이든 간에, 오드리 탕에게는 독자적인 독서법이 있습니다.

책이라면 95% 정도 iPad Pro로 읽습니다. 오드리 탕은 "iPad Pro의 장점은 펜(애플펜슬)을 사용할 수 있다는 것입니다. 펜이 없을 때는 전자기기로 책을 읽지 않습니다."라고 말합니다.

펜이 왜 중요한 것일까요? 오드리 탕은 책을 읽으면서 메모를 하거나, 그림 낙서를 하는 것이 습관이라고 이야기합니다.

"포인트가 될 만한 부분들을 메모하다 보면, 사실 너무 조잡해서 뭘 메모하고 있는지 알 수 없어도 그 과정에서 책의 메시지를 빠르게 흡수할 수 있습니다."

업무에서도 여러 사람의 이야기를 들으면서 적은 메모를 곧바로 스크린에 비추기도 합니다. 이는 "다양한 입장의 사람들이 있을 때 이러한 메모로 여러 입장을 한 화면에 정리한다면, 공통의 가치가 될 만한 것을 찾을 수도 있기 때문"이라고 합니다.

시간이 나면, 영어 책을 번역하면서 읽습니다. 번역을 하려면 내용을 꼼꼼히 잘 살펴야 하기 때문입니다. 시간이 별로 없을 때는 요약하면서 간단하게 번역합니다.

"그래서 책을 읽을 때에는 반드시 펜이 필요합니다. 이는 저의 평소 생각과 표현에 큰 영향을 줍니다. 자다가 꿈을 꿨을 때도 일어나면 꿈에 나왔던 두세 마디 말과 장면을 기록해 둡니다."

펜이 없을 때는 다른 독서 패턴을 활용합니다. 책이나 PDF 파일을 열고, 마치 스캐너처럼 내용을 시각신호로 인식하여 1페이지당 0.2초의 속도로 뇌에 저장합니다. 그렇지만 이것은 사실 내용을 곧장 읽어 들이는 것은 아닙니다.

"그냥 그렇게 읽고 잠시 쉽니다. 찻물을 올리고 눈을 감으면, 이미지들이 뇌에 떠오릅니다. 이때 무언가가 확실하게 잡히면, 이를 펜으로 적어 둡니다."

또한 그는 '자급자족'에도 능숙하여 종이책을 해체하고, 모든 페이지를 스캔한 뒤 광학 문자 인식OCR과 검색 소프트웨어를 활용해서 자신만의 디지털 도서관을 만든 적도 있습니다.

일반인은 이 방법만 해도 흉내 내기가 힘들 것입니다. 그렇지만 다음 방법은 진정 그가 천재이기 때문에 가능한 일이 아닐까 생각됩니다.

만약 다음날 회의를 위해서 400페이지의 자료를 읽어야 한다면, 취침 전에 400페이지를 모두 빠르게 살펴본 뒤 잠자리에 듭니다. 그러면 아침에 일어났을 때에는 이미 다 이해한 상태입니다. 수면 시간을 활용해서 대량의 자료를 숙지할 수 있으므로, 시간 절약이 꽤 된다고 합니다.

"400페이지 이상이라면 야근이 필요하지요. 9시간, 10시간을 잔 뒤에야 일어납니다."

오드리 탕이 말하길, 이것이 오랜 독서습관이라고 합니다.

오드리 탕이 참석한 회의의 생중계를 보면, '질문을 해야 하는 시점'이라고 생각한 순간 곧바로 적절한 질문을 던집니다. 그건 확실히 그의 장점이고, 사전 준비가 없다면 할 수 없는 일입니다. 꿈에서 잔업을 하는 그만의 독특한 방식이라고 할 수 있습니다.

그는 수면의 중요성에 대해서 자주 이야기합니다. 매일 8시간 정도는 반드시 수면을 취하는데, 그러지 않으면 단기 기억이 장기 기억으로 저장되지 않는다고 합니다. 이것은 천재의 뇌에만 있는 특별한 기능일 수도 있겠지만, 어쩌면 시도해 볼 만한 가치가 있을지도 모릅니다.

· · · · ·

오드리 탕이 담당하는 업무에는 신생 사회적 기업social enterprise의 활로를 모색하는 일도 있습니다. 사익이 아닌 사회적 공헌을 목적으로 하는 사회적 기업은, 아무리 그 뜻이 훌륭해도 성공하기 어려운 경우가 많습니다.

그는 매주 수요일 인애로仁愛路에 있는 사회창신실험중심(소셜 이노베이션 랩)에서 종일 근무합니다. 오전 중에는 누구라도 예약 없이 방문해서, 오드리 탕과 의견을 교환할 수 있습니다. 오후는 예약자와의 면담에 사용합니다.

음식이 가진 뜻밖의 효용

밤이 되면 오드리 탕은 소셜 이노베이션 랩의 주방으로 내려가 그곳에 모인 스타트업 멤버나 해외 파트너들과 함께 식사하며 이야기를 나눕니다. 그는 이런 수다에서 많은 지혜가 나온다고 생각합니다.

"우리 이벤트에서는 대부분의 경비를 먹는 것에 소비합니다. 1~2개월마다 1번 개최하는 매칭 이벤트(다양한 분야의 관계자들이 모이는 행사)에서 들은 아이디어 같은 것은 한두 달이 지나면 모두 잊어버리겠지만, 음식이 맛있었다면 그다음 행사에도 참석해 줄 테니까요." 오드리 탕은 말합니다.

"음식은 혁신의 촉매다." 이는 구글과 페이스북 등의 IT 대기업에서도 검증이 끝난 명제입니다. 그는 이를 소셜 이노베이션 랩에 도입해서 실천하고 있는 것입니다.

랩 주방에는 식료품 컨설턴트인 시다루史達魯가 있습니다. 오드리 탕 또래의 시다루는 유명한 프라이빗 키친private kitchen[14] 요리사였습니다. 그는 오드리 탕의 권유를 받아 농산물을 취급하는 스타트업들의 경영을 지원하고 있으며, 기존의 식재료를 사용해서 새로운 상품을 만들어 내는 데 도움을 주고 있습니다.

오드리 탕은 매월 대만 각지에 새로 설립된 사회적 기업들을 순방합니다. 그때 그 지방의 특색 있는 식재료를 받으면, 랩 주방의 시다루에게 전달하여 식재료의 가치를 높이기 위한 연구를 의뢰하곤 합니다.

식재료 이야기만 나오면 항상 눈이 반짝이는 곱슬머리 시다루는 사실 정통 요리사는 아닙니다. 그는 국립타이완대학 농업추진

---

14 일반 주택에서 경영하는 가정식 레스토랑. –편집주

학부에서 공부하고, 대학원에서는 이러닝e-learning 테크놀로지를 배운 전형적인 우등생입니다. 그런 그가 요리사로 전향한 것은, 그가 스타벅스 커피의 모든 맛을 식별할 수 있는 데다, 명확하게 차이를 설명할 수 있다는 점을 대학 친구가 발견한 것이 계기였습니다. 친구들은 돈을 모아서 그를 5성급 식당에 파견했고, 식당에서 돌아온 시다루에게서 완벽하게 재현된 요리를 대접받았습니다. 그는 이후 꾸준히 실력을 갈고닦았고, 몇 년 후에는 직업 요리사로 종사하게 되었습니다.

시다루는 일본 요리 만화에서 영감을 얻기도 하고, 식재료와 관련된 딱딱한 논문으로부터 지식을 얻기도 합니다. 그러다 보니 식재료 선택에 능하며, 언제라도 식재료의 새로운 활용 방법을 생각해 냅니다. 그는 랩 주방에서 언제나 계절감 가득한 일을 하고 있습니다.

3~4월에는 식탁에 제철 매실을 늘어놓고 매실주를 연구합니다. 여름에는 주제가 망고 요리로 바뀝니다. 12월에는 선주민 마을에서 사육한 닭으로, '크리스마스 스탭 드 로스트 치킨'을 만들기도 합니다. 내장과 뼈를 빼내서 완전히 속을 비운 닭 안에 육두구(향신료의 일종), 레몬 껍질, 이탈리안허브를 채워 넣어 구우면, 신선한 향이 나는 로스트 치킨 요리가 만들어집니다. 당시 주방에 감도는 향에 오드리 탕도 이끌려 그만 "이거 저도 같이 먹을 수 있을까요?"라고 이야기할 정도였습니다.

시다루에게 오드리 탕에 대해 물었을 때, 그는 이렇게 답했습니다. "EQ(감성지수)가 굉장히 높은 사람이라고 생각합니다. 하루는 그와 면담하고 있던 사람의 말투가 너무 직설적이고 투박해서, 옆에서 듣기만 해도 화가 나던 적이 있었습니다. 그런데도 그는 침착한 태도로 상대방의 생각을 좇으며, 이야기를 이성적인 방향으로 이끌었습니다."

오드리 탕의 일은 정신적인 부담도 큽니다. 시다루는 요리에 능한 친구로서 요리를 통해 침묵 속에서도 그를 챙깁니다. "오드리 탕이 밤 늦게까지 바쁜 날에는 냉장고를 열어 해줄 만한 요리가 없는지 찾아봅니다." 시다루는 작은 걱정이기는 하지만, 오드리 탕도 스스로의 몸을 잘 챙겼으면 좋겠다고 이야기했습니다.

여러 식재료를 잘 알고 있는 시다루는, 오드리 탕이 어떤 식재료와 닮았는지 생각한 적이 있다고 합니다. 과연 무엇일까요?

"따뜻한 고추라고 생각합니다. 그것도 매운맛이 나중에 올라오는 그런 고추요. 마음씨가 착해도 천재는 역시 천재입니다. 말에 예리한 면이 있어, 듣는 사람들은 몇 분 후에야 거기에 숨은 의미를 알아차리는 것 같습니다."

사회적 기업: 기업가를 위한 배려

어느 날인가의 신생 사회적 기업 방문은, 특별한 기획도 겸하고 있었습니다. 대만 공영방송국 공공전시公共電視의 〈출래만찬誰来晚餐(오늘은 누구와 만찬을 즐길까?)〉이라는 프로그램에 출연하는 것이었습니다. 이 방송에서는 매번 한 명의 유명 인사를 대동하고 대만의 어느 가정에 방문해 저녁식사를 함께하면서 그 가족의 문제를 이야기합니다.

2018년 9월 그날, 오드리 탕은 4인 가족의 집에 초대받았습니다. 아버지 천런샹陳人祥은 사회적 기업가이고, 어머니는 회사원, 17세 딸은 홈스쿨링을 하고 있는 학생, 아들은 소학교 학생이었습니다. 저녁 식탁에는 어머니가 준비한 진수성찬이 차려졌습니다. 홈스쿨링 중인 누나는 공부 고민을 이야기했고, 소학생 남동생은 '마인크래프트MINECRAFT'라는 게임 이야기를 했습니다. 오드리 탕은 이야기를 경청하며 때때로 감상이나 조언을 건넸습니다.

아버지 천런샹은 겉보기에는 어디에서나 볼 수 있는 모범적인 아버지이지만, 실은 남들과는 다른 특이한 삶을 걸어왔습니다. 원래 기술 관련 기업에서 높은 연봉을 받으며 일하던 그는, 어느 날부터 돌연 길고양이 쉼터를 만들어서 70~80마리의 고양이를 돌보기 시작했습니다. 하지만 얼마 가지 않아 매월 드는 고액의 유지비 때문에 형편이 어려워지고 말았습니다. 그래서 그는 친환경 고양이 모래를 만들어서 상품화한 뒤, 그 수입으로 길고양이 쉼터 자선사업을 지탱하고자 연구 개발에 힘썼습니다.

모든 혁신에는 비용이 들 수밖에 없습니다. 천런샹은 이 뜻있는 사업에 최선을 다하고자 회사를 사직하고, 집도 자동차도 모두 팔아 버렸습니다. 다만, 꿈을 향해 돌진하는 중에도 망설임은 있습니다. 이에 그는 그날의 저녁식사 자리에서 오드리 탕에게 조언을 구하고 싶어 했던 것입니다.

천런샹은 자신이 정말 하고 싶은 것은 길고양이 쉼터를 넘어서, 여러 사람이 작은 생명이라도 소중히 여기도록, 그들의 감정과 느낌을 변화시키는 일이라고 이야기했습니다. 그러지 않으면 동물을 유기하는 행위가 줄어들지 않기 때문입니다.

오드리 탕은 가만히 귀를 기울이다가 진심을 다해 "사람의 사고 방식을 바꾸고 싶다는 말씀은 알겠지만, 사람의 마음이 바뀌는 것은 자발적인 행위여야 하며 강요할 수 없습니다."라고 조언하고, 'ACE 원칙'을 고려할 것을 제안했습니다.

ACE 원칙이란, 무엇인가를 시작할 때에는 다른 사람들이 빠르고 쉽게 참여할 수 있고(Actionable), 참여자의 행동을 많은 사람이 알 수 있으며(Connected), 참여하는 모든 사람이 상표, 특허, 허가에 의한 제한을 받지 않고 원래 표현을 원하는 대로 변형해서 재현할 수 있게 해야 한다(Extensible)는 원칙입니다.

"이 방법을 사용하면, 다른 사람들에게 큰 부담을 주지 않으면서도 도움을 받을 수 있을 것입니다."라고 오드리 탕은 이야기했습니다.

최근 몇 년 간 인터넷에서 화제가 된 근위축성 측삭 경화증[15] 연구에 대한 기부를 활성화하기 위한 릴레이 캠페인 '아이스버킷 챌린지'[16]는 가장 전형적인 ACE 원칙의 성공 사례입니다.

사춘기 딸도 기업가인 아버지에 대한 마음의 변화를 이야기했습니다. 아버지의 사연이 언론에 보도되었을 때, 한 누리꾼이 "이 아버지는 우선 자신의 사업부터 제대로 하고 꿈을 쫓아야 합니다. 집도 차도 모두 팔아먹으면 가족이 얼마나 힘들겠습니까?"라며 비판하는 댓글을 단 바 있습니다. 그녀는 그 말에 이렇게 반박했습니다.

---

15 뇌의 신경세포, 특히 운동신경이 점차 죽어 마비가 되면서 운동장애, 근육쇠약, 호흡부전 등의 증상을 나타내다가 죽음에 이르는 치명적인 질환입니다. 흔히 루게릭병이라고 합니다. -편집주

16 2014년 루게릭병으로 꿈을 접어야 했던 전 보스턴대학 야구선수 피트 프레이츠의 친구들이 그와 고통을 함께하기 위해 얼음물 샤워 동영상을 올린 것을 계기로 전 세계로 확산된 사회운동. 얼음물을 뒤집어쓰는 동영상을 SNS에 올린 뒤 다음 도전자 세 명을 지목해 릴레이로 이어가는 방식으로 이뤄집니다. 이는 찬 얼음물이 닿을 때처럼 근육이 수축되는 루게릭병의 고통을 잠시나마 함께 느껴보자는 취지입니다. 지목받은 사람은 24시간 안에 얼음물 샤워를 하거나, 루게릭병 연구에 100달러를 기부해야 합니다. -편집주(출처: 시사상식사전, pmg 지식엔진연구소)

"그분들이 정말 우리 가족의 마음을 알 수 있을까요? 아버지는 좋은 분이시고, 우리에게 많은 것을 가르쳐 주고 계세요. 저는 가족이 모두 함께 있는 곳이 집이라고 생각해요. 그러니까 어디를 가도 괜찮아요."

딸의 따뜻한 말을 듣고 어머니는 눈물을 흘렸습니다.

"아이들이 우리의 의도를 알아주는 것은 사치스러운 소망이라고 생각했어요. 어른들이 선택하면 아이들은 거기 따를 수밖에 없잖아요. 우리 노력은 아직 결실을 맺지 못했지만, 아이들이 우리의 마음을 이해하고 있었단 것을 알았네요. 고생은 많지만, 앞으로도 다 같이 노력해 가겠다고 다짐했어요."

마지막으로 방송국 직원이 오드리 탕에게 이번 저녁식사의 소감을 물었습니다. 그는 상냥하고 차분한 목소리로 "서로를 걱정하고, 배려하고, 결속력이 강한 가족이네요."라고 대답했습니다. 헤어질 때 아들이 그에게 사인을 요청하자, 오드리 탕은 "share & enjoy"라고 써주었습니다.

오드리 탕은 이처럼 가족들이 서로 의지하고 협력하면, 어떤 난관이라도 극복할 수 있다고 믿고 있습니다. 왜냐하면 그 자신이 그런 가정에서 자랐기 때문입니다. 그는 성장 과정에서 큰 풍파를 겪었습니다. 마치 한 척의 작은 배가 거친 바다를 건너는 형국이었지만, 다행히 가족의 도움으로 안전하게 건너편 해안에 다다를 수 있었습니다.

이 이야기를 이해하려면, 그의 어린 시절로 거슬러 올라가야
합니다.

EPISODE
2

신동

모든 것에는 틈새가 있다.
빛은 그곳으로 들어온다.
There is a crack im everything.
That's how the light gets im.

By. 레너드 코헨(Leonard Cohen)

수수께끼로 가득한 우리 아이

　세상에 태어난 천재는, 항상 동경의 대상이 됩니다. 2016년 35세의 나이로 디지털 장관이 되어 대만 사람들 앞에 나타난 오드리 탕도 그렇습니다. 일제히 언론의 스포트라이트를 받은 것은 오드리 탕 본인뿐만 아니라, 부모님도 마찬가지였습니다. 어떻게 하면 아이를 천재로 키울 수 있는지, 다들 궁금해했습니다.

　하지만 0세부터 14세까지 부모님과 가장 가깝게 지낸 시기를 되돌아보면, 오드리 탕은 부모에게 있어서도 수수께끼였습니다. 그리고 이 문제를 푸는 과정에서, 가족은 자칫하면 붕괴될 위기에 처하기도 했습니다. 수수께끼로 가득한 존재와 마주한 부모님은 자기 자신의 성장 과정에서도, 육아서에서도, 그럴듯한 답을 찾아낼 수 없었습니다.

　오드리 탕은 24세까지는 생리학적으로 남성이었으며, 탕쫑한 唐宗漢이라는 이름을 갖고 있었습니다. 그는 생후 40일 만에 얼굴이 보랏빛이 되어 병원에 실려갔습니다. 검진 결과 선천적으로 심실 사이의 중격에 문제가 있었습니다.[17] 약을 장기간 복용해야 하

17　심실중격결손증. 심장의 우심실과 좌심실 사이에 있는 벽(격벽)에 구멍이 생기는 병입니다. -역주

는 데다, 어느 정도 크고 나서야 수술을 할 수 있는 상태였습니다. 의사는 오드리 탕의 부모에게 최대한 아이를 울리거나, 감기에 걸리게 하거나, 심한 운동을 시키지 말라고 당부했습니다.

당시 그의 부모님은 신문사에서 일하느라 매우 바쁜 나날을 보내고 있었습니다. 아들의 몸이 너무 허약한 것을 보다 못한 부모님은 조부모님과 함께 고향 신베이新北에서 타이베이로 이사해서 아이들을 돌보기로 했습니다. 타이베이로 통학하고 출근하는 숙모와 숙부도 같은 지역에서 이웃으로 살게 되었습니다.

두 가족은 대부분 식사를 함께 했으므로, 오드리 탕은 어릴 때부터 대가족 속에서 자랐습니다. 낮에는 할머니와 할아버지가 그를 돌보았고, 숙모와 숙부가 일과에서 돌아오면 앞다투어 그와 놀아주었습니다. 그의 부모님은 밤늦게 귀가했기 때문에 한밤이 되어서야 부모와 자식 간의 시간을 보낼 수 있었습니다.

그의 아버지인 탕광화唐光華는 대만 국립정치대학과 대학원에서 정치학을 배웠습니다. 대학에서는 고대 그리스의 3대 철학자를 경애하는 은사를 만나 깊이 감화되어 평생에 걸쳐 소크라테스의 신봉자가 되었습니다. 졸업 후 탕광화는 대만의 주요 신문사인 〈중국시보中國時報〉에 취직했으며, 빠르게 승진해서 부편집장까지 맡았습니다. 그는 소크라테스의 명언인 '무지의 지(나는 내가 아무것도 모르는 것을 안다)'를 믿었으므로, 무지를 극복하기 위해 여윳돈이 생기면 곧장 책을 샀습니다. 그래서 그의 집에는 다양하고 많은 장서가 있었습니다.

이런 환경에서 오드리 탕은 많은 서적에 둘러싸여 자랐습니다. 3세가 지나고서는 유아용 도서를 집어 들고, 호기심 가득한 눈으로 복잡하게 변화하는 한자의 모양을 비교해 보곤 했습니다. 그에게 있어서 책에 적힌 글자들은 마치 마법 같았습니다. 처음에는 어머니인 리야칭李雅卿에게 글을 물어보았는데, 읽을 수 있는 글자가 많아지면서 다른 집안 어른들에게도 글자를 물어보게 되었습니다.

그는 심장이 나빴으므로 집 밖에서는 거의 놀지 못했으며, 집에서 많은 시간을 보냈습니다. 어른들은 그가 발끈해서 발작을 일으키지 않도록 항상 부드럽게 말을 걸었으며, 강하게 꾸짖는 일도 거의 없었습니다. 글읽기를 좋아했던 그는 점점 여러 한자와 알파벳을 읽을 수 있게 됐고, 쉬운 것부터 어려운 것까지 섭렵해 이윽고 수 계산도 할 수 있게 되었습니다.

그런데 시간이 흐르고 유치원에 간 오드리 탕은, 그곳이 집과는 전혀 다른 곳임을 깨달았습니다. 그는 또래 아이에 비해 생각하기를 좋아했습니다. 몸을 잘 쓰지 못하고 버둥거리기도 했기 때문에, 같은 반 아이들에게 놀림을 많이 받았습니다.

소학교 1학년에 연립 방정식

그는 유치원에 좀처럼 적응하지 못했으며, 소학교(우리나라의 초등학교)에 올라가서는 상황이 더 심각해졌습니다. 1학년 교실에서는 담임 선생님이 기본적인 수와 양을 아이들에게 가르치려고 했습니다. 집에서 이미 연립 방정식을 풀기까지 했던 오드리 탕은 선생님이 낸 문제가 쉽다고 생각해, x나 y 등의 대수를 넣어서 답을 구했습니다.

물론 전혀 문제없는 풀이였지만, 소학교 1학년 학생이 수식을 활용해 문제를 푼다는 것은 매우 특별한 일이었습니다. 그의 선생님은 자기 반에 너무나 특이한 학생이 있는 것에 경악을 금치 못했습니다. 오드리 탕도 선생님이 가르치는 내용을 자신이 이미 알고 있다는 사실에 크게 놀라기는 마찬가지였습니다.

머지않아 오드리 탕이 수업에서 보이는 반응에 선생님이 대처하지 못하는 일이 늘었습니다. 가령 선생님이 '1+1=2'라고 가르치면, 그는 선생님에게 "꼭 그렇지는 않아요. 2진법에서는 1+1=10이 돼요."라고 답하는 식이었습니다.

이런 일들이 거의 매일 벌어지자 선생님도 난감했습니다. 결국 선생님은 산수 시간에 오드리 탕에게 자유 시간을 주기로 했습니다. 오드리 탕은 주변의 아이들에게 방해만 되지 않는다면, 도서관에서 책을 읽는 등 무엇을 해도 괜찮았습니다. 이는 서로에게 좋은 해결책처럼 보였지만, 오드리 탕에게는 힘겨운 일이었습니다. 우선, 집단에서 선생님의 손으로 밀려났기에 매우 쓸쓸했습니다. 그리고 '왜 교실에서 모두가 같은 내용을 배워야 하는가'라는 의문도 들었습니다.

이 무렵, 집에서도 문제가 발생했습니다. 어린 시절부터 오드리 탕을 돌봐 온 할머니마저, 별난 이야기만 하는 손자를 더 이상 상대할 수 없게 된 것입니다. 어느 날은 오드리 탕이 '태양의 흑점'이 무엇인지를 물었는데, 할머니는 대답하지 못했습니다. 그러자 오드리 탕은, "할머니는 뭘 물어도 모르는걸!" 하며 토라졌습니다. 할머니는 낙담하여 일에서 돌아온 어머니에게 "그 애가 묻는 것은 모르는 것뿐이야. 무엇을 어떻게 알아봐야 할지도 몰라서, 돌볼 수가 없어." 하고 푸념했습니다.

어머니가 이에 대해 오드리 탕에게 이야기하니, 아이는 "죄송해요. 그럼 누구에게 물어봐야 해요?"라고 물었습니다. 어머니는 이렇게 답했습니다. "학교에서는 선생님에게, 집에서는 아버지와 나(어머니)에게 물어보렴." 하지만 어머니도 생각하지 못했던 것은, 아이가 선생님과 부모님 모두 대답할 수 없는 질문들을 하게 되는 날이 곧 오게 되었다는 것입니다.

또 다른 문제도 생겼습니다. 마침 동생 탕쫑하오唐宗浩가 3세가 되었습니다. 두 형제는 어머니의 관심을 받고 싶은 나머지, 출근해 있는 어머니에게 앞다투어 수시로 전화를 걸었습니다. 버티다 못한 리야칭은 끝내 현실을 마주하기로 했습니다. 남편과 상의하여 민주적으로 가족회의를 열고, 부모 둘 중 한 사람이 회사를 그만두고 집에서 아이를 돌보기로 마음먹은 것입니다.

투표 결과 3대 1로 어머니가 3표를 받았습니다. 아버지의 1표는 아버지가 자신이 집에 있는 것이 더 적합하다고 생각해서 스스로 던진 것입니다. 부모님은 같은 신문사에서 일을 했는데, 아버지가 보기에는 법학대학원을 나온 어머니 쪽이 자신보다 기자로서 뛰어나고, 상사의 평가도 좋았습니다. 리야칭은 8년 만에 교육, 입법, 사법, 문화, 환경보호, 시민운동, 정치 분야까지 아우르며 순식간에 취재부문 부주임이 되는 등, 명실상부 '내일의 에이스'였기 때문에 직장을 떠나는 것이 아까울 정도였습니다.

탕광화는 또 이렇게도 생각했습니다. 책에서 읽은 철학자 장 폴 사르트르Jean-Paul Sartre와 페미니스트 시몬 드 보부아르Simone de Beauvoir의 일화에서 그들의 사랑은, 파란 속에서도 평생 서로를 존중하는 것이었습니다. 그는 여자도 남자도 똑같이 능력이 있으며, 기회가 되는 한 그것을 꼭 살려야 한다고 생각하고 있었습니다.

하지만 아이들이 어머니와 함께 있고 싶은 마음에 어머니에게 투표하면서, 아버지가 기대하던 일은 이루어지지 않았습니다. 결국 어머니가 직장을 그만두고, 아이들을 곁에서 돌보게 되었습니다. 그런데 이 새로운 생활은, 실로 악몽의 시작이었습니다.

우등생 반으로

　2학년이 되기 전 받은 우등생 대상의 지능 검사에서, 오드리 탕은 최고 등급의 IQ 점수를 받았습니다. 부모님은 학교로부터 아들을 2학년부터 다른 학교에 있는 우등생 반에 보내지 않겠느냐는 편지를 받았습니다. 그 당시 대만에는 학교의 추천을 받은 우등생만을 모은 학급이 일부 학교에 설치되어 있었습니다.

　오드리 탕 자신도 원래 있던 학교가 재미없었기 때문에, 다른 학교로 전학 가서 새로운 환경을 접해 보면 좋을지도 모르겠다고 생각했습니다. 하지만 우등생 반에 들어간 그를 기다리고 있던 것은, 공부가 아닌 다른 시련들이었습니다.

　오드리 탕은 새로운 반에서 반장이 되었으며, 공부도 잘했습니다. 하지만 이러한 우등생 반에는 아이들의 성적을 비교하는 학부모들이 많았고, 자신보다 성적이 좋은 다른 학생을 질투하는 학생도 있었습니다. 어느 날은 1등을 하지 못했다고 아버지에게 맞은 아이가 오드리 탕을 원망하면서 "너 같은 것은 죽었으면 좋겠다. 그럼 내가 1등을 할 수 있을 텐데."란 폭언을 하기도 했습니다.

새 학교에서도 동급생들은 그에게 스트레스였습니다. 선생님들도 마찬가지였습니다. 학생을 때리는 교사도 있었기 때문입니다. 어떤 때는 교실에서 손수건과 휴지를 잃어버렸다고 선생님에게 벌을 받았습니다.

오드리 탕은 3학년 때도 반장이 되었습니다. 하루는 과학 수업에서 선생님이 교실이 시끄럽다며 모두 눈감고 서 있으라는 벌을 주었습니다. 그는 중간에 잠시 눈을 떴다가 선생님에게 들켰는데, 반장인데도 규칙을 지키지 않았다며 빗자루로 맞았습니다. 음악 수업은 무척 좋아했지만, 그마저 선생님이 바뀌더니 갑자기 의자 다리 같은 굵은 몽둥이로 아이들을 때리기 시작했습니다.

또한, 선생님은 반장인 그에게 규칙을 제대로 지키지 않는 학생들의 이름을 칠판에 적어 두라고 했습니다. 이름이 적힌 아이들은 이후에 선생님으로부터 벌을 받았습니다. 그는 이런 날이면 항상 집에 돌아와서 어머니에게 "모두가 저를 미워하고 수업이 끝나면 때리러 와요. 너무 무서워요."라고 하소연했습니다.

그러던 어느 날이었습니다. 우등생 반 선생님이 시험지를 나눠주고는 20분 안에 풀라고 말한 뒤 교실을 나갔습니다. 오드리 탕은 순식간에 문제를 다 풀었지만, 끝내지 못한 학생이 답을 보여 달라며 손을 뻗어 왔습니다. 그는 시험지를 보여주지 않으려고 도망쳤지만 네다섯 명에게 쫓기다 그만 넘어지고 말았습니다. 그러자 그중 하나가 그를 붙잡아 있는 힘껏 발로 찼습니다. 벽에 부딪힌 그는 정신을 잃었습니다.

소식을 들은 어머니는 곧장 학교로 달려가 오드리 탕을 집으로 데려왔습니다. 목욕시키려고 옷을 벗겼더니, 아이의 배에 커다란 멍이 들어 있었습니다. 그만큼 강하게 걷어차인 것입니다.

이는 오드리 탕의 암담한 학교 생활 중 극히 일부입니다. 그해, 그는 자주 악몽을 꾸고 깊게 잠들지 못했으며, 죽고 싶다는 생각을 몇 번이고 했습니다. 점점 학교를 자주 쉬게 되었고, 방에 틀어박혀 울거나 책을 읽으며 멍하니 있었습니다. 그리고 얼마 지나지 않아서 어머니에게 학교에 가고 싶지 않다고 말했습니다.

당시 등교를 거부하는 아이는 가정의 평화를 깨뜨리는 폭탄과 같은 존재였습니다. 아이가 등교를 거부하는 순간 사회의 기본적인 상식과 규칙이 산산조각나기 때문이었습니다. 하지만 오드리 탕의 어머니는 학교 생활로 죽을 지경까지 몰린 아이를 보자, 곧바로 전학을 결정했습니다.

어머니는 타이베이 시내에 있는 즈난指南산 근처의 소학교에 그를 보내기로 했습니다. 산에 있는 학교는 비교적 친절하고 편안했지만, 그의 지식욕을 채워주기에는 역부족이었습니다. 어머니는 오드리 탕을 위해서 여러 가지 학습 자료를 모았으며, 최대한 집에서 공부할 수 있게 노력했습니다. 다만 이러한 어머니의 배려는 학교의 교사들에게는 달갑지 않은 일이었습니다. 가족들도 아이의 가정학습을 좋게 보지 않았습니다. 아버지와 할아버지, 할머니, 숙모, 숙부 어느 누구도 찬성하지 않았습니다.

한편 오드리 탕의 학교생활을 보고 가장 충격을 받은 것은 아버지 탕광화였습니다. 자신의 어린 시절을 떠올려 봐도, 선생님은 "좋은 학교에 가기 위해서"라며 학생들에게 여러 체벌을 가했습니다. 단지 시험에서 좋은 성적을 받게 하겠다는 이유로 굵은 몽둥이로 학생들의 엉덩이를 때려 요란한 소리가 울려 퍼지고 두려움과 불안으로 휩싸인 교실의 광경은, 나이가 들은 지금도 잊을 수가 없던 것입니다.

아버지는 대학에 가서 처음으로 지성이 넘치는 선생님을 만나고, 지식을 얻는 순수한 기쁨과 영혼의 설렘을 알게 되었습니다. 그때부터 그는 매일 니체, 키에르케고르, 카뮈 등 철학 거장들의 책을 탐독했습니다. "그때부터 저에게 가장 소중한 가치관은 자유가 되었습니다."라고 이야기할 정도였습니다. 그래서 그는 어떤 나이라도 적절한 교육만 받는다면, 이런 지식의 기쁨을 알 수 있을 것이라 믿었던 것입니다.

탕광화는 권위와 체벌로써 아이를 대하지 않았습니다. 그와 아내 리야칭은, 아이가 3세가 될 때까지 아버지와 신비한 의식을 나누었던 것을 기억합니다. 매일 아버지가 출근하기 전, 오드리 탕은 작은 돌을 아버지에게 건넸습니다. 아버지도 그것을 경건하게 받아 주머니에 넣고 집을 나섰습니다. 주변 사람들은 물론, 자신들조차 이제는 무엇 때문에 했는지 기억하지 못하는 의식을, 부자는 오래도록 계속했습니다. 마치 어린아이가 자기 마음을 아버지에게 맡기고, 아버지는 자식을 위해 바깥 세상을 탐험하고 견문을 가지고 돌아오는 것 같았습니다.

아버지는 유치원에 다니던 아이와 자주 손을 잡고 산책하면서, 소크라테스의 인수분해나 마틴 가드너Martin Gardner의 《이야기 파라독스》(수학의 6대 분야인 논리학, 확률, 수, 기하학, 시간, 통계에 있는 모순을 적은 책)에 대해 이야기하고, 삶의 진리와 아름다움을 들려주었습니다. 아버지는 오드리 탕이 처음 만난 수학 선생님이자 철학 선생님이었고, 이 산책에서 보고 들은 것들이 이후 그의 인생에 큰 영향을 미쳤습니다.

7세라고 하면 대개는 레고 블록을 가지고 놀 나이이지만, 오드리 탕은 수학 방정식에 매료되었습니다. 그에게 방정식을 푸는 것은 게임을 클리어하는 것과 같았습니다. 어려운 문제를 정복하는 즐거움에 구원 연립 일차 방정식[18]에 도전할 정도였습니다.

하지만 학년이 올라가고 학교에 제대로 적응하지 못할수록, 오드리 탕과 아버지의 관계에 긴장이 고조되기 시작했습니다. 탕광화는 아들이 현실과 학교로부터 도망가지 않고, 문제에 과감하

---

18 미지수가 9개인 연립 일차 방정식을 가리킵니다. -역주

게 대처해서 극복해 나가야 한다고 생각했습니다. 한편 오드리 탕은 아버지가 자신의 고통을 제대로 이해하지 못한다고 여겼습니다.

왜 어른이 극복해야 한다고 생각하는 장애를, 극복하지 못하는 아이가 있는 걸까요?

그로부터 몇 년이 지난 1996년 일레인 N. 아론Elaine N. Aron이라는 학자가 이러한 아이를 'HSCHighly Sensitive Child'로 정의했습니다. 연구에 따르면 일부 아이들은 감각과 지각이 태어날 때부터 발달하여, 희로애락 중 무엇에든 남달리 민감하게 반응합니다. 따라서 어릴 때부터 작은 것에도 상처받기 쉽습니다. 만일 이 어려운 성장기를 잘 견디며 성장한다면, 또래 아이들보다 침착하고 내성적인 성격을 갖게 된다고 합니다.

하지만 오드리 탕이 어릴 때는 이런 연구가 아직 널리 알려지지 않았습니다. 결국 그의 가족은 재앙이라고 할 만한 상황까지 치닫게 되었습니다.

부자 갈등

아버지와 아들은 온갖 사소한 일로 싸우기 시작했습니다. 걸음걸이부터 양치질 자세에 이르기까지, 사사건건 부딪혔습니다.

탕씨 가문에는 부모 세대가 자리에 앉아야 자식 세대가 식사를 할 수 있다는 암묵적인 규칙이 있었습니다. 그런데 어느 날 오드리 탕은 아버지가 자리에 앉지도 않았는데 자리에 앉아서 식사하기 시작했습니다. 바로 이것이 격렬한 충돌을 야기했습니다.

오드리 탕이 짜증을 내며 "아빠가 뭐라고 제가 배고플 때 밥을 먹으면 안 되는데요?"라고 대꾸하자, 그동안 쌓인 것이 많았던 아버지의 분노가 폭발했습니다. 드물게 부모의 권위를 내세우며, 아이에게 식탁에서 일어나라고 명령한 것입니다. 오드리 탕도 발끈해서는 한쪽 벽 앞에 서서 자신의 뺨을 후려쳤습니다. 어머니는 놀란 채 아무 말도 하지 못했고, 아버지는 등을 돌려 자리를 떠났습니다.

나중에야 탕광화는 아내에게 무엇을 어떻게 해야 할지 막막한 나머지 자리를 떠났다고 털어놓았습니다. 그러지 않았다면 눈물이 쏟아지는 것을 참을 수 없었을 것이라고 말입니다. 아이에게 정면으로 거부당하고, 좋은 아버지이고자 하는 신념과 자신감이 그만 산산조각이 난 것입니다.

부자의 갈등은 일상이 되었습니다. 탕광화와 리야칭 부부 그리고 조부모 사이에서 자녀 교육에 대한 이견이 불거졌습니다. 아버지는 상황을 견디기 힘들 정도의 압박에 시달렸고, 부부 관계마저 좋지 않게 되었습니다. 어느 날 그는 아내에게 독일에서 박사과정을 밟고 장래를 대비해 지식을 쌓고 싶다면서, 자신이 잠시 가족과 거리를 두는 편이 모두에게 좋을 것이라고 말했습니다.

집안의 중심인 아버지가 독일로 떠나자, 대가족은 더 큰 불안에 휩싸였습니다. 오드리 탕의 조부모는 아들 부부가 이혼하지 않을까 걱정해서, 어떻게든 가족을 평화롭게 만들려고 노력했습니다. 어머니 리야칭은 홀로 학교에 가지 않는 아이들을 돌보면서 타이베이에 살았습니다. 이제 오드리 탕을 어떻게 교육해야 할까, 그녀 자신도 알 수 없었습니다.

운명적인 만남

이렇게 어머니가 여러 가지 고민에 빠져 있을 때, 마침 한 기금이 이후에 대만 실험교실의 선구자로 불리게 될 삼림소학교森林小學校 설립을 준비했습니다. 어머니는 이 심포지엄에 우연히 참가했다가, 훗날 오드리 탕의 인생을 바꿀 은인들을 만나게 되었습니다.

심포지엄에서 만난 상담 전문가 양웬구이楊文貴 선생은 "아이에게 지금 가장 중요한 것은 비슷한 친구들로부터 받아들여지는 것, 지식을 탐색하는 것, 상상력을 발휘하는 것, 다르다는 것을 인정받고 배려받는 것"이라고 꿰뚫어 보았습니다. 어머니 역시 아이가 다시 삶을 시작하기 위해서는 이 네 가지부터 시작해야 한다는 것을 깨달았습니다.

가족의 사랑은 힘든 인생을 살고 있는 오드리 탕을 응원하기에 충분했습니다. 하지만 이것 말고도 9세 아이에게는 마음에 여유를 느끼며 배울 수 있는 장소와 더 좋은 학습 동료, 지성과 감성을 겸비한 교사의 지도가 필요했던 겁니다.

어머니는 심포지엄에서 간접적으로 소개를 받아서, 오드리 탕에게 새로운 수학 선생님을 찾아주었습니다. 바로 국립타이완대학 수학과의 주지안정朱建正 교수였습니다. 주지안정은 대만에서 굉장히 유명한 수학 교육자이며, 자신도 우수한 3명의 아이를 키우고 있었습니다. 그래서 그는 이런 아이들의 사고 회로를 잘 알고 있었습니다. 주 교수는 오드리 탕에게 심심하면 일주일에 2시간씩 연구실에 수다를 떨러 오라고 했습니다.

무엇을 이야기했을까요? 오드리 탕은 이때를 이렇게 회상했습니다. "주지안정 선생님은 저와 함께 그냥 아무 이야기나 하다가,

돌아갈 때쯤이면 집에서 잘 읽어 보라며 아이작 아시모프 소설 한 권을 쥐어 주셨습니다."

어쩌면 주지안정은 천재를 자극할 수 있는 것은 천재뿐이라는 것을 알고 있었는지도 모릅니다. 아이작 아시모프Isaac Asimov는 전설적인 SF 작가로서, 박식했을 뿐 아니라 굉장히 많은 소설을 집필했습니다. 19세에 명문 컬럼비아대학을 졸업하고 박사 학위를 받았으나, 나중에 대학 일을 그만두고 작가에 전념했습니다.

그는 50년이 넘는 창작 생활 동안 500권에 가까운 작품을 출판했는데, 그중 200여 권은 자신이 직접 집필한 것이고, 그 외에는 편집자로서 참여했습니다. 이 놀라운 출판량은 도서 분류법인 듀이십진분류법 기준으로도 무려 5개의 분야를 망라합니다. 특기인 SF 소설을 중심으로, 대중 과학, 해학적인 시까지 다루었습니다.

SF계 최고 영예상을 받은 아시모프의 가장 유명한 작품은, 로봇을 주제로 하는 《로봇 시리즈》와 은하계를 무대로 한 《파운데이션 시리즈》입니다. 두 시리즈 모두 재미있는 에피소드가 가득하고, 인간미가 넘치며, 읽는 이를 매료시킵니다. 기초적인 수학도 꽤 다뤄지고 있었기에 오드리 탕의 흥미를 끌기 딱 좋았습니다. 주 교수는 본인의 흥미만 이끌어 낼 수 있다면, 그 이후의 배움은 크게 어렵지 않다는 것을 잘 알고 있었던 것입니다.

이즈음 양마오시우楊茂秀 박사가 컬럼비아대학의 철학 교수인

매튜 리프먼Matthew Lipman에게 자극을 받아, 타이베이에 어린이를 대상으로 철학을 가르치는 '애벌레毛毛蟲 철학 교실'을 열었습니다. 리프먼은 모든 어린이가 어릴 때부터 걷고 말하는 것을 배우는 것처럼, 철학에 대해서도 배워야 한다고 생각했습니다. 다만 철학과 사상 교육은 선생님이 일방적으로 가르치는 식으로 진행해서는 안 되고, 선생님과 학생들이 대화와 논의를 반복하면서 이루어져야 한다고 했습니다.

오드리 탕의 어머니는 친구의 권유로 아이를 데리고 이 철학 교실에 찾아갔습니다. 그리고 여기에서 천홍밍陳鴻銘 선생을 만났습니다. 당시 오드리 탕은 소학교 3학년이었고, 천홍밍은 푸런대학輔仁大學 철학연구소의 대학원생이었습니다. 비록 나이는 달랐지만 오드리 탕과 천홍밍이 함께 교실에서 선택한 주제에 대해 대화와 사색을 거듭하자, 어머니는 이를 매우 기쁘게 받아들였습니다.

이 토론에는 세 가지 측면이 있었으며, 이는 각각의 머리글자인 C를 따 '3C 사고법'으로 표현되었습니다.

1. 비판적 사고(Critical thinking): 자신이 왜 그렇게 생각하는지, 그리고 다른 사람들은 왜 그렇게 생각하는지 이유를 생각합니다.
2. 배려적 사고(Care thinking): 상대방에 대한 관심과

공감을 바탕으로, 다른 사람의 의견을 적극적으로 존중하고 배려합니다.

3. 창조적 사고(Creative thinking): 어떻게 해야 조금 더 독창적인 생각을 할 수 있을지 생각하며, 자신다운 것을 만들어 냅니다.

한 그룹 내에서 이와 같은 절차를 지속적으로 연습하고, 멤버들이 서로 협력하고 토론하며 함께 사고하는 습관을 기른다면, 최종적으로 얻어지는 답은 권력에 의한 것이 아니라 모든 사람이 납득하는 공통적인 인식이 될 수 있습니다. 어린 아이라도 이야기나 게임적인 도입을 가미하면, 이런 사고에 대해서 충분히 배울 수 있습니다.

6학년 반으로의 진급

이때의 사고 훈련이 지금까지도 오드리 탕의 인생에 큰 영향을 미치고 있습니다. 이제 오드리 탕은 어떤 질문에 어떻게 답할지와는 상관없이, 항상 마음속에서 이러한 3C를 염두에 두고, 다른 사람을 설득할 수 있는 결론을 이끌어 내고 있습니다. 당시 교실 밖에서 그를 기다리던 어머니는, 선생님과 이야기하는 아이의 얼굴에 기쁨이 가득 차 있는 것을 보았습니다. 그간 바라마지 않던 평온한 생활이었습니다.

또한, 양웬구이 선생은 자신이 강사로 있었던 모교의 동아리에서 오드리 탕과 함께 배우면서 놀아줄 좋은 동료를 찾아주었습니다. 수학을 잘하는 대학교 4학년 학생들은 소학교 3학년인 오드리 탕과 함께 수학 이야기를 나누고, 중학교 수학 연습문제를 풀었으며, 남는 시간에는 브리지 카드 게임을 하며 놀거나 컴퓨터를 알려주었습니다. 가끔가다 휴일에는 광화디지털프라자光華商場[19]에 다 같이 몰려가 빈둥거리기도 했습니다. 동아리 멤버들은 수학을 배우는 것과 세계를 탐구하는 것, 오드리 탕의 두 가지 소원을 모두 들어주었습니다.

다시 철학과 수학을 공부하게 된 오드리 탕은 심신의 안정을 찾은 듯했습니다. 이때 그에게 신베이新北시 신뎬新店구의 산에 위치해 자연을 즐길 수 있는 작은 소학교를 추천해준 사람이 있었습니다. 이 소학교의 교장 선생님도 오드리 탕이 남들과 다른 방식으로 배우는 것을 기꺼이 도와주었습니다. 그리하여 4학년이 된 오드리 탕은 6학년 반에 배정받았고, 일주일에 3일씩만 학교

---

19 우리나라의 과거 용산과 같은 모습을 하고 있는 곳입니다. -역주

에 다니면 나머지 시간에 수학과 철학 공부를 계속할 수 있었습니다.

강을 끼고 있는 아름다운 산속 학교에서 교장 선생님을 비롯한 따뜻한 선생님들에게 둘러싸여 오드리 탕은 차분하게 마음의 상처를 치유할 수 있었습니다. 이곳에서는 몸과 마음에 여유가 생겨 시를 감상하거나, 스스로 시를 짓는 것도 좋아하게 되었습니다. 그는 따로 복잡한 생각을 하지 않아도 글자가 자연스럽게 펜 끝으로 흘러가서 글이 써지는 것 같다고 어머니에게 이야기했습니다. 그렇게 말하는 그의 얼굴은 오랜만에 반짝반짝 빛났습니다.

이 무렵 오드리 탕은 수학과 철학 이외에도 소학교 2학년 때부터 독학으로 시작한 프로그래밍에서도 점차 여러 진전을 보이고 있었습니다. 소학교 2학년은 그에게 있어서 암흑기라고 할 수 있습니다. 학교에 가는 것이 너무나도 비참해서 방에 틀어박혀 책만 읽던 그는 집에서 《Apple Basics 입문》이라는 책을 발견했습니다. 이 책은 IT 업계에서 일하던 숙부가 가져온 것이었습니다.

이것이 알파벳 조합으로 이루어진 프로그래밍 언어와의 첫 만남이었습니다. 집에는 아직 컴퓨터가 없었지만, 그는 그냥 책 자체가 너무 재미있어서 종이에 연필로 모니터와 키보드를 그리고는, 프로그래밍 명령어를 쓰고 지우고 하는 것을 반복했습니다. 열중하고 있는 오드리 탕을 본 어머니가 마침내 컴퓨터를 사주었습니다. 숙부도 조카가 독학할 수 있도록 가끔 컴퓨터 책 한 권씩을 집에 가지고 돌아왔습니다.

이윽고 동생이 학교에서 덧셈 뺄셈을 배우기 시작했을 때, 오드리 탕은 본격적으로 프로그램을 작성하여 동생이 여러 가지 재미있는 방법으로 산수 연습문제를 복습하게 했으며, 컴퓨터 게임을 통해서 분수를 알려주기도 했습니다.

신뎬의 소학교를 다니게 되면서, 어머니는 오드리 탕의 통학을 위해서, 그리고 스스로도 조금 여유를 찾기 위해서 타이베이의 집을 떠나 신뎬의 산에 둘러싸인 화위안신청花園新城으로 이사했습니다. 뜻하지는 않았지만, 이를 계기로 가족은 다시 재생의 시간을 갖게 되었습니다.

화위안신청은 대만의 유명한 여성 건축가가 설계한 신도시입니다. 나무가 우거진 숲으로 둘러싸여 녹음이 가득합니다. 예술가와 문화인들이 많이 거주하면서, 파리의 몽마르트르처럼 예술의 향취가 흐르는 곳이 되었습니다. 시인과 화가, 사진가, 작가들이 모두 이웃이 되어서 서로 도우며, 생활에 필요한 자원과 교육, 아이디어를 나누었습니다.

리야칭은 그제야 숨을 돌렸습니다. 오드리 탕의 교육이 자리잡으면서, 어머니로서도 안정을 찾을 수 있게 되었습니다. 그녀는 이때의 일을 이렇게 기록했습니다.

"산에서의 생활은 항상 오색조가 함께합니다. 금색 날개와 흰

눈썹을 가진 오색조들이 나뭇가지 끝에서 날아오릅니다. 가끔은 멋진 큰유리새가 마당에서 엄숙하게 자신의 생을 마감하기도 합니다. 청아하고 아름다운 대만파랑까치는 단 한 번 나뭇가지 사이로 비스듬히 날아가는 모습을 보았을 뿐이지만, 세상 전부가 우뚝 멈춰 서는 듯한 풍취는 평생 잊지 못할 것입니다.

맑은 개울가에서 작은 물고기들이 헤엄치기도 합니다. 봄에는 흰색 기름나무꽃이 하늘과 땅에 만개하고, 비가 오면 사위에 온통 꽃 개울이 흐릅니다. 가을에는 단풍잎이 흩날리고, 울퉁불퉁한 솔방울이 바람이 나뒹굽니다. (중략) 아침마다 부드러운 햇살에 파묻혀, 광화(남편)를 그리워하며 편지를 써봅니다."

· · · · ·

그럼 독일로 유학을 간 탕광화는 어떻게 지내고 있었을까요? 가족과 떨어져서 이국에서 생활하며, 아버지는 자신의 삶을 돌아볼 수 있는 기회를 얻었습니다. 독일 집에 있는 서재에 '참괴헌慚愧軒'이라는 이름을 붙인 것에서도, 아버지로서의 깊은 반성을 알 수 있습니다. 그는 독일에서 부모들이 자식을 존중하며 교육하는 모습을 보고, 크게 깨달았습니다. 그래서 그는 가족과의 관계를 회복하고자 마침내 한 걸음을 내디뎠습니다.

베를린 장벽이 무너졌을 때 탕광화는 그 모습을 찍은 뒤, 주운 벽 조각과 함께 아이들에게 보냈습니다. 또한, 미술 전시회에 갈 때마다 작품이 그려진 엽서를 사서 작품에 대한 자신의 생각을 적어 보내기도 했습니다. 그렇게 천천히, 아이들도 아버지의 편지에 흥미를 느끼고 답장을 보내게 되었습니다. 아버지가 대만에 휴가를 왔을 때는 앞서 가족을 갈라놓은 상처도 다 아물어 평화롭고 화목한 시간을 보냈습니다.

얼마 후 4학년인 오드리 탕은 6학년 과정을 모두 마쳤습니다. 어머니는 몇몇 선생님과 상담을 한 뒤에 아이를 데리고 독일에 가 아버지를 만나기로 했습니다. 설마 이 여행이 가족의 인생을 바꿀 것이라고는, 가족 모두 미처 생각하지 못했습니다.

독일에서 발견한 모두의 힘

현지 학교에 방문한 오드리 탕의 어머니는 곧바로 학교의 교장과 교사들이 매우 명확하면서도 대만과는 전혀 다른 교육 이념을 갖고 있다는 것을 알게 되었습니다. 학교가 학부모들에게 성적 1위 학생을 키우는 데 초점을 맞추지 않겠다고 못 박은 것입니다. 선생님은 영리한 아이들은 스스로 공부할 수 있게 하는 한편, 뒤처진 아이들을 돌보는 일을 중점적으로 했습니다.

독일에서는 언어 장벽이 있었으므로 오드리 탕은 본래라면

5학년이었음에도, 한 학년 낮춰서 4학년부터 다시 시작했습니다. 독일에서는 초등학교 4학년 때 처음으로 곱셈을 배웁니다. 첫 수업 때에 오드리 탕이 자신이 배웠던 수학 기호를 몇 개 쓰니, 수학 수업은 따로 받지 않게 되었습니다. 하지만 독일어를 전혀 몰랐기에, "뒤처진 아이들을 가능한 한 중점적으로 지도한다"라는 이념대로 학교는 오드리 탕의 독일어 공부를 전력으로 도와주었습니다.

수학 시간에 선생님은 독일어 연습장을 한 장 한 장 인쇄해서 오드리 탕에게 주고 쓰기 연습을 시켰습니다. 글자를 읽는 것도 열심으로 도와줬으며, 교과서를 낭독할 때는 항상 오드리 탕을 시켜서 연습 기회를 계속해서 주었습니다. 독일어 글자를 조금이라도 잘못 쓰면 선생님에게 지적을 받았지만, 웃음거리가 되거나 하진 않았습니다.

선생님은 2개월 동안 충실하게 독일어를 알려주었습니다. 독일 어린이들은 5학년이 되면 자전거 운전면허 시험을 치르는데, 이 시험은 필기 시험과 실기 시험으로 나뉩니다. 오드리 탕은 이때 글자를 읽고 쓰고, 대화도 할 수 있게 되었으므로, 시험을 단숨에 합격하여 시험관을 놀라게 했습니다. 오드리 탕 자신도 자신감이 붙어서, 친구들과 함께 프랑스어도 배우기 시작했습니다.

오드리 탕도 독일의 학교가 대만의 학교와 다르다는 것을 쉽게 알아차렸습니다. 학급 선거에서 반장을 뽑지만, 다른 학생들을 관리하는 게 아니라 단순하게 모두를 돕는 일을 한다는 것이 그에게는 신기했습니다. 언뜻 보면 선생님이 없을 때에는 모두가 장난만 치는 듯했지만, 누군가가 다른 아이를 방해하면 교실의 모두가 나서 그 아이에게 하지 말라고 이야기했습니다. 누구 한 명이 권위를 가지고 힘을 휘두르는 것이 아니라, 모두의 힘이 곳곳에 자연스럽게 배어 있었습니다.

또한, 독일의 선생님들은 절대로 학생을 때리지 않았습니다. 말귀를 못 알아듣고 교실의 질서를 어지럽히는 학생이 있으면, 선생님은 일단 말로 꾸짖었습니다. 말로도 되지 않으면, 선생님 옆에 앉혀서 수업을 진행했습니다. 그리고 그래도 안 되면 학생을 그냥 집으로 보냈습니다. 이것이 학교에서 가장 무서운 처벌이었습니다.

어머니 리야칭도 독일이 아이를 때리지 않고 다른 방법으로 교실의 질서를 유지하는 것이 흥미로웠습니다. 어느 날 그녀는 독일의 한 대학 교수와 만날 일이 있었고, "독일에서는 선생님이 아이들을 때리지 않나요?"라고 물어보았습니다. 그러자 독일에서 태어나고 자란 교수는 20~30년 전에는 자신도 맞으면서 자랐고, 선생님이 자신의 엉덩이를 때렸을 때의 아픔을 아직도 기억하고 있다고 이야기했습니다.

그렇지만 이후에 한 학급당 학생 수가 줄면서, 선생님들은 학급 질서를 유지해야 한다는 압박감에서 벗어나 여유를 찾았습니다. 또한, 자녀 교육에 대한 책임은 가정에 있다는 인식이 사회 전반적으로 확산되면서 아이가 학교에서 문제를 일으키면, 으레 보호자를 학교로 불러 면담하고 해결책을 의논하게 되었다는 것이었습니다.

오드리 탕은 또 독일인들이 시간에 엄격하며, 초등학교 때부터 시간 엄수에 대한 의식이 자리 잡는다는 것도 깨달았습니다. 가령 축구팀 연습 시간에 조금이라도 늦으면, 필드 위에서 공을 찰 수 없었으며, 그냥 집에 돌아갈 수도 없었습니다. 그저 벤치에 앉아서 2시간 동안 훈련이 끝날 때까지 허송세월을 해야 했습니다.

식탁에서의 가족 회의

독일에서의 나날은 격한 감정으로 분열된 가족 관계를 서서히 복원해 갔습니다. 저녁 식탁에서는 지적이면서도 따뜻한 말들이 오고갔습니다.

어느 날 아버지는 아이들이 뱀파이어를 주제로 하는 컴퓨터 게임을 하는 것을 반대했습니다. "그런 게임은 좋지 않다고 생각하므로, 플레이하지 않는 것이 좋다"라는 식으로 말한 것입니다. 그러자 금세 온 가족의 토론이 시작되었습니다. 주제는 "아버지가 자신의 아이들에게 마음대로 명령해도 되는가?"였습니다.

"아버지는 아버지라는 이유로, 아이들을 키운다는 이유로 그렇게 대단한 존재인가요, 그런가요?"

오드리 탕이 먼저 포문을 열었습니다.

어머니는 "아버지가 그런 말을 했니?"라며 자신은 그런 말로 듣지 않았다고 말했습니다.

"네. 전에 혼날 때도 그렇게 느꼈어요."라고 오드리 탕이 대답했습니다.

어머니는 "그럼 너는 아버지가 그렇게 해도 된다고 생각하니, 안 된다고 생각하니?"라고 되물었습니다.

"아버지가 저희를 돌봐 주지 않으면, 굶어 죽을 테니까 어쩔 수 없네요."

오드리 탕은 마지못해 대답했습니다. 정치를 공부한 아버지는 이렇게 응수했습니다.

"지위란 것은 어떤 때는 지식과 도덕으로부터, 어떤 때는 권력으로부터 나온단다. 지금 이야기하고 싶은 것은 권력이 아니라, 지식과 도덕이야. 엄마는 법을 배운 사람으로서 어떻게 생각하는지?"

"오늘 이야기하는 것은 권리에 관한 것이지, 권위나 권력 이야기는 아니라고 생각한다. 아빠가 돈을 벌어서 가족을 부양하고 있으니 아이에게 명령을 해도 되느냐 하면, 그건 엄마도 아니라고 생각한단다. 우리는 우리의 의지로 아이를 가졌으므로, 아이를 키우는 것은 그냥 당연한 일일 뿐이란다."

어머니는 매우 진지한 얼굴로 대답했습니다.

"친권이라는 것은 단순하게 돈을 벌어서 아이를 기른다는 이유만으로 만들어지는 것이 아니네요?"

아들의 물음에 어머니는 친권이란, 부모가 자녀의 신체, 안전, 재산을 감독하고 보호하는 권리이자 의무라고 덧붙여 설명해 주었습니다.

"하지만 비상 사태라고 여겨지거나, 너희들이 분명하게 법을 어겼을 때는 부모가 자식에게 명령해도 괜찮겠지?"

아버지는 이렇게 묻고는, 구체적으로 몇 가지 경우를 말했습니다.

오드리 탕은 "괜찮아요. 하지만 반드시 타당한 이유를 설명해야 해요. 뱀파이어가 나오는 게임을 하는 것은 긴급 사태도 아니고, 법적으로도 아무 문제가 없어요. 그러니까 명령은 할 수 없어요."라고 대답했습니다.

그러자 어머니가 입을 열었습니다.

"그건 동의하지만, 부모로서 아이들을 제대로 교육해야 할 책임이 있단다. 따라서 이 뱀파이어 게임이 너희들에게 적합한지를 이야기해 봐야겠구나."

어머니가 이렇게 결론을 내린 뒤에 식탁에서는 새로운 주제로 토론이 시작되었으며, 합의에 이를 때까지 계속되었습니다(이 에피소드는 오드리 탕의 어머니인 리야칭이 집필한 《성장전쟁成長戰爭》에 수록된 내용입니다).

대만 시절 이 가족은 어느 날의 저녁 식탁에서 어긋났습니다. 독일로 와서야 그들은 더 많은 소통과 이해를 하게 되었습니다. 식탁에서 서로의 응어리를 해소하는 방법을 터득한 것입니다.

대만으로 돌아가 교육을 바꾸고 싶다!

식탁에서의 대화에 그치지 않고, 가족은 독일의 자택에 여러 사람을 초대했습니다.

아버지 탕광화는 1989년 5월 베이징北京에서 천안문 사태를 직접 눈으로 목격했습니다. 중국 지식인들이 민주화의 목소리를 내기 시작한 이때는 중국 공산당 통치하에서 역사상 가장 민주화에 근접한 순간이었습니다. 정치를 배운 그는 당시 베이징 지식인들이 맞서 싸우는 이유에 흥미를 가졌습니다.

"경제 발전을 꾀하려면 민주화를 하는 편이 나을까? 지금 중국이 민주화된다면 권력의 부패가 사라질까?"

하지만 신문 기자라는 미묘한 입장에 있었기에 업무 차원으로 가기는 어려웠습니다. 그래서 그는 나중에 휴가를 내고 베이징에 갔습니다. 도착한 다음 날이 정확히 5월 13일. 베이징에서는 대학생들의 단식 농성이 시작되었고, 30만 명이 넘는 사람들이 천안문 광장에 모여들었습니다.

그리고 며칠 동안 중국 각지의 학생과 시민들이 연대해서, 혁명의 기운이 고조되었습니다. 탕광화는 베이징을 걸어 다니던 어느 날, 베이징대학 앞을 지나게 되었습니다. 캠퍼스 곳곳에서는 운동권 학생들이 의기양양하게 시구를 적고 있었습니다. 그는 이상과 열정이 가득한 말들에 감동했으며, 종이와 펜을 꺼내서 30여 개의 구절을 옮겨 적었습니다. 이후에 이를 〈중국시보〉에 발표한 그는, 이러한 역사의 목격자가 되었습니다.

이때 해외로 망명했던 학생들을 지인의 소개로 독일에서 만날 기회가 있었습니다. 탕광화는 여러 이야기를 나누면서, 이들과 함께 정치 사상과 민주 제도에 대해서 토론했습니다. 어느 때는 인류 역사에 있던 6개의 정치 체제를, 어느 때는 대의 정치의 단점을, 어느 때는 여러 분야의 공적인 문제를 이야기하기도 했습니다. 오드리 탕은 항상 옆에 앉아서 "어떤 방향으로 가야 더 많은 사람이 행복해질 수 있을 것인가?"에 대한 어른들의 견해를 들었습니다.

거실에서 벌어지는 열띤 토론은, 사실 어린 학생에게는 듣기만 해도 난해했을 것입니다. 하지만 오드리 탕의 이후 인생 여정을 보면, 이때의 토론이 알게 모르게 그를 인도한 것처럼도 보입니다. "자신의 노력으로 자신의 행복만을 찾는 것이 아니라, 보다 많은 사람이 지금보다 행복해질 수 있도록" 말입니다.

오드리 탕은 독일 초등과정을 4학년으로 시작했지만, 독일의 학제상 슬슬 어느 중학교로 갈지 결정할 때가 다가오고 있었습니다. 탕광화는 아직 박사 학위를 받지 못했으므로, 가족은 오드리 탕을 독일의 중학교에 진학시키려고 생각했습니다. 학교 성적도 좋았기에, 선생님도 한 명문 중학교로 진학하기를 권유하며 손수 추천서까지 써주었습니다. 한편 미국에서 온 또 다른 중국계 객원 연구원은 오드리 탕의 뛰어난 자질을 보고, 미국 명문 학교에 가는 것이 더 좋지 않겠냐며 가족을 설득했습니다.

이러한 두 가지 친절한 제안 사이에서 고민하던 차, 오드리 탕은 문득 어머니에게 이렇게 말했습니다. "저는 독일에 남기도 싫고, 미국에 가기도 싫어요. 대만으로 돌아가고 싶어요. 저의 자리에서 크고 싶어요."

'설마 아이가 대만으로 돌아가서 중학교에 가고 싶다고 할 줄이야!'

어머니 리야칭은 순간 어리둥절했습니다. 중학교에는 소학교

때보다 더 무서운 진학 압박감이 기다리고 있을 것인데, 그렇게 고통스러웠던 날을 되풀이하고 싶다는 것인가? 오드리 탕은 어머니에게 차분히 이유를 설명했습니다.

"대만에 있을 때는 아직 4학년이었고, 6학년 반으로 올라갔어도 주변의 친구들에게 이성적으로 설명할 수가 없었어요. 그 애들은 이해할 수 없었으니까요. 그렇지만 독일에 와서 학년을 낮춰 4학년으로 다시 시작해 보니, 교실의 모두가 저보다 어린데도 성숙해서 일을 잘 해낼 수 있었어요.

독일의 친구들은 저보다 학력이 낮아도, 모두 저보다 어른이고 자신감도 있어요. 왜 대만은 이렇고, 독일은 이럴까를 자주 생각했는데, 조금 답을 찾은 것 같아요. 대만으로 돌아가서 교육을 바꾸고 싶어요!"

오드리 탕의 이런 말은 탕광화, 리야칭 부부가 계획하고 있던 일들을 다시 어그러뜨리는 것이었습니다. 하지만 예상할 수 있듯이 이들은 결국 자식을 사랑하는 부모로서, 자식이 가고 싶어 하는 곳을 선택했습니다. 바로 고향 대만입니다.

마침 이 무렵 독일에서 건강 진단을 받았는데, 오드리 탕의 심장에서 잡음이 나는 것이 발견되었습니다. 검사 결과 4세 때 유착되었던 심실 중격이 신체의 성장에 따라 다시 갈라져 버려, 이번에는 반드시 수술을 받아야 한다고 통보받았습니다. 결국 아버지만 혼자 독일에 남아서 학업에 전념하기로 하고, 다른 가족은 곧

바로 대만으로 돌아가 오드리 탕이 수술을 받게 했습니다.

12세에 오드리 탕은 자신의 첫 닉네임을 'Autrijus'라고 지었습니다. '모두의 아이'라는 의미였습니다. 그는 몇 년 동안 자신이 걸어왔던 파란만장한 길을 돌아보곤, 자신이 지금까지 걸어올 수 있었던 이유는 가족이 함께 해준 것은 물론 수많은 선생님과 친구들이 도와준 덕택이라고 생각했습니다. 그는 모두의 아이이며, 많은 사람의 배려를 받는 큰 행운 속에서 자란 아이였던 것입니다.

덧붙여서 Autrijus이라는 이름은 오드리 탕이 어렸을 적에 가장 좋아했던 책 《끝없는 이야기》(독일 작가 미하엘 엔데가 1979년 펴낸 판타지 소설. 영화 〈The NeverEnding Story〉의 원작)에서 가져왔습니다. 이 소설에는 '판타지엔Phantasien'이라는 국가가 나옵니다. 판타지엔은 전 세계 사람들이 자신의 이익만을 추구하며 꿈을 꾸는 것을 잊어버린 결과, 점점 쇠락하여 붕괴 위기에 처해 있었습니다. 그래서 여왕은 판타지엔에 사는 소년 Autrijus에게 꿈을 되돌려줄 열쇠를 찾아내서, 이 나라를 구해 달라고 부탁합니다.

오드리 탕의 이후 삶을 보면, 판타지엔의 소년 Autrijus와 꼭 닮았습니다. 두 사람은 함께 손을 잡고, 현실을 바꾸기 위해 흥미진진한 여행을 떠나는 것입니다.

독학 소년

누구로 모두와 같지 않습니다.
모두와 같을 수 있다는 것은
환상에 불과합니다.

By. 오드리 탕

대학 강의실에 나타난 중학생

1992년 독일에서 대만으로 돌아온 오드리 탕은 정말 빠르게 성장하고 있었습니다. 일반 소학교로 돌아갔으며, 주 3일 통학하는 것 외에는 모든 것을 홀로 공부했습니다(당시 대만은 주 5일제였습니다). 그리고 큰 문제없이 평온하게 소학교를 마쳤습니다.

오드리 탕과 그의 어머니는 다닐 만한 중학교를 하나하나 찾아다녔습니다. 최종적으로는 집에서 가장 가깝고, 새로운 교육 방법을 도입하고 있던 타이베이 시립 페이청 중학교台北市立北政中學校에 입학하기로 했습니다. 1993년 중학교에 진학하면서, 오드리 탕은 인생의 여러 가지 면을 살펴보기 시작했습니다.

이 무렵에 대만 정부는 모든 아이가 교육받을 권리를 지킬 수 있게, 소학교부터 중학교까지의 과정을 모두 의무교육으로 정했습니다. 그리고 모든 학생에게 매 학기 일정 일수 이상 학교에 갈 것을 요구했습니다. 하지만 페이청 중학교의 교장 선생님이었던 두후이핑杜惠平은 오드리 탕의 학습 진도를 파악하고, 그와 상담을 거친 뒤 정기 시험에서 어느 정도의 성적을 낼 수만 있으면 매일 학교에 나오지 않아도 된다고 특별히 허가했습니다.

두후이핑 교장은 당시를 회상하며, 오드리 탕은 그때까지 자신이 한 번도 본 적 없는 영재였다고 말합니다. 당시 학교의 교육

방침을 결정하던 교무주임 선생은 특정 학생을 위해서 교육부의 규정을 바꿀 수는 없다고 반대했습니다. 하지만 두 교장은 오드리 탕의 공부가 어느 정도까지 나아가 있는지, 잘 이해하고 있었습니다.

그녀는 학교 선생님들에게 오드리 탕의 '유연한 학교생활' 방침을 다음과 같이 설명해 주었습니다. "그는 게으름 피우는 것도 아니고, 특별히 휴식을 취하는 것도 아닙니다. 이건 '학교 밖 공부'라는 또 다른 공부입니다!" 오드리 탕은 다시 한번 교육부의 규정을 어기더라도, 새로운 길을 개척해 주는 선생님을 만난 것입니다.

등교하지 않는 날에는 집 근처 국립정치대학에 갔습니다. 이 대학교는 오드리 탕의 부모인 탕광화와 리야칭의 모교이기도 했습니다. 부모님은 오드리 탕에게 어떤 강의가 재미있는지 알려주었으며, 오드리 탕은 교수님들의 동의를 받아서 강의를 들었습니다. 이때 청강했던 고명한 교수들의 정치학, 법학, 철학 강의는 지금도 그에게 영향을 미치고 있습니다.

그러면서 오드리 탕은 놀라운 속도와 지식욕을 자랑하며 책을 섭렵해 갔습니다. 중국의 고전인 육경(시경, 서경, 예기, 악기, 역경, 춘추)을 독파하고, 인도의 스님 오쇼 라즈니쉬를 경애했으며, 루트비히 비트겐슈타인을 추종했습니다. 또한, 김용의 무협 소설을 읽기도 했으며, 《홍루몽》에도 심취하여 반복해서 여러 번 읽었습니다.

인터넷도 오드리 탕에게 엄청난 장서를 제공해 주었습니다. 저작권이 만료된 세계 명작들을 전자책으로 만들어서 공개하는 '프로젝트 구텐베르크Project Gutenberg[20]' 덕분에 애덤 스미스의 《국부론》, 찰스 다윈의 《종의 기원》 등을 읽을 수 있었습니다.

이 즈음에는 그때까지 열중하고 있던 수학보다도 컴퓨터 프로그래밍에 많은 시간을 투자하기 시작했습니다. 가족보다 늦게 귀국한 아버지와 밤이 깊도록 이야기를 하기도 했으며, 예술과 문화에 종사하는 아버지의 친구들을 함께 만나러 가기도 했습니다. 대만 내에서도 이 특이한 독학 소년 오드리 탕을 흥미로워하게 되었습니다.

한번은 아버지가 일하는 〈중국시보〉에 오드리 탕 부자의 대담이 게재된 적도 있습니다. 오드리 탕은 이때 이런 말을 했습니다.

"이미 많은 수학 문제를 풀 수 있게 되어서, 더 공부해 봤자 해답만 더 볼 뿐인 것 같아요. 이제는 스스로 프로그램을 만들고, 이를 기반으로 새로운 이론을 발견하는 쪽이 즐거워요."

---

20 1971년 마이클 하트(Michael Hart)가 제창한 인류의 지적자산 보존 및 공유 프로젝트. 6만 5천여 권의 장서를 보유하고 있으며(2021년 7월 기준), 주로 서구 고전의 원문(비영어권 저작인 경우 영어 번역본)을 전자책으로 읽어 볼 수 있습니다. 온라인(HTML)과 오프라인(EPUB, 아마존 Kindle 등)의 양쪽 포맷을 모두 지원합니다. gutenberg.org를 참고하세요. -편집주

마침 대만은 인터넷이 비약적으로 발전하는 시대를 맞이했습니다. 미국에서 만들어져 과학과 교육에 사용되던 인터넷은 1990년대에 들어서자 폭발적으로 확산되어, 다양한 분야에서 사용되었습니다. BBS라고 부르는 인터넷 게시판이 우후죽순 개설되면서, 인터넷 1세대가 자라났습니다.

인터넷계의 젊은 천재들

오드리 탕이 대만 인터넷계의 젊은 천재들을 만난 것은 이 무렵입니다. 인터넷이 가져온 이러한 인연은 오드리 탕의 인생 방향을 완전히 바꾸어 놓았습니다. 그 발단은 소학교 6학년이 된 오드리 탕에게 이전에 수학을 알려주었던 주지안정 교수가 국립타이완대학에 우수한 고등학생들을 위해 개설한 토론 강좌가 있으니, 청강해 보라고 추천해준 것이었습니다.

이곳에서 오드리 탕은 대만 제일의 남자 고등학교인 타이베이 시립 건국 고급중학교台北市立建国高級中學校(대만의 고급중학교는 우리나라의 고등학교에 해당)의 학생들과 만났습니다. 그리고 이 학교 컴퓨터부의 리더 리우덩劉燈이 만든 'Delta Center BBS'라는 인터넷 게시판의 존재도 알았습니다. 얼마 지나지 않아 오드리 탕은 Autrijus라는 닉네임을 가지고 중학생 신분으로 건국 고급중학교 컴퓨터부의 학외 멤버가 되었습니다. 이런 여러 천재들과의 교류를 통해 해커 문화를 접하게 되면서, 오드리 탕의 인생은 크게 변화했습니다.

타이베이 시립 건국 고급중학교는 1898년 일본통치시대에 개교했으며, 현재도 대만에서 가장 평판이 좋은 공립 명문 남자 고등학교입니다. 일찍이 '타이베이일중'이란 이름으로 일본 고교야구 대회(고시엔)에 총 7회 출장했고, 럭비로도 일본 전국고등학교 종합체육대회(인터하이)에서 2차례 우승한 바 있습니다. 또한 노벨상 수상자부터 총통, 대학교 학장, 의사, 기업인, 정치인, 작가, 영화 감독까지 유수의 인재들을 배출했습니다. 굉장히 자유로운 교풍으로, 여러 천재와 괴짜들이 이곳에서 공부하고 있습니다.

건국 고급중학교 컴퓨터부의 재치 넘치는 멤버들은, 오드리 탕의 본보기가 되었습니다. 3대 부장 리우덩은 소학교 때 이미 유명한 소프트웨어 프로그램을 만들었고, 14세에는 대만에서 가장 유명한 컴퓨터 잡지인 〈제3파第三波〉에 칼럼을 쓰기도 했습니다. 또 다른 우등생 단쫑지에單中杰는 중학생 때부터 대학생 수준의 수학을 했으며, 영어 실력은 동시통역을 할 수 있을 정도였습니다.

단쫑지에는 이 학교에 들어오면서, 같은 컴퓨터부 멤버인 다이카이쑤戴凱序와 함께 《마이크로소프트의 음모微軟陰謀》(1995)라는 소설을 집필했습니다. 이 책은 해커들 사이에서 명작으로 알려진 《은하수를 여행하는 히치하이커The Hitchhiker's Guide to the Galaxy》에 영감을 받은 것으로, 무엇이든 간에 손을 대서 항상 결함 있는 제품을 세상에 내보내는 마이크로소프트의 전략을 풍자하는 내용이었습니다. 그런가 하면 당시 대만의 정치 상황을 에둘러 비판하는 대목도 있었습니다. 소설에는 기술 지상주의자로서 돈벌이는 둘째이며, 보수적인 발상에는 반항적인 그들의 입장이 잘 나타나 있습니다.

대만의 유명 블로거이자 저술가인 Debby는 자신의 블로그에서 이때의 조숙한 천재들을 생생하게 묘사했습니다.

"이 사람들은 이과이지만, 언어에도 조예가 깊습니다. 언어를 발명하는 것도 해커들의 취미였으며, 자주 자신들이 만든 언어로 놀이하고 교류했습니다. (중략) 타이베이 시립 건국 고급중학교의 컴퓨터부 학생들은 《Ascii Book(해커 사전)》 중국어판을 편찬해, 해커들이 사용하는 특수한 용어가 각각 어떤 의미인지 소개하기도 했습니다."

오드리 탕은 처음으로 자신에게 자극을 주는 재능에 둘러싸였습니다. 건국 고급중학교의 친구들은 굉장히 박학다식하고 흥미도 많았으며, 총명한 지성과 날뛰는 야성이 있었습니다. 소년이었던 오드리 탕은 이들에게 강하게 이끌렸습니다.

해커 정신이란 무엇인가?

오드리 탕은 이 연상의 친구들로부터 '해커 정신'이 무엇인가에 대해 배웠습니다. 해커는 프로그래밍의 달인이면서, 프로그램의 버그를 찾아내는 마니아이기도 합니다. 사람을 질리게 할 정도로 지식욕이 넘치고, 모르는 것은 알 때까지 철저하게 파고듭니다. 아마 이때 오드리 탕에게 해커의 DNA가 심어졌으며, 지금까지도 살아 있다고 해도 좋을 것입니다.

이들 중에서 리우덩은 가장 에너지가 넘치는 친구였습니다. 그는 직접 출판물을 제작하고, 자주 사람을 불러모아 살롱을 열었습니다. 컴퓨터부터 인터넷, 예술까지 화제는 다양했습니다. 그는 다양한 분야를 아우르는 자신의 독서 목록을 오드리 탕에게 건네면서, 새로운 분야의 지식을 개척할 것을 권유했습니다.

영재들과 접촉하면서, 오드리 탕은 지적인 자극을 받음과 동시에 처음으로 마음의 친구를 얻었습니다. 그는 동시에 중학교 공부도 계속하고 있었습니다. 매일 통학하진 않았지만, 중학교 1~2학년 동안은 계속 학교 시험을 쳐서 좋은 성적을 기록했습니다. 중학교에 입학할 무렵에는 전국 과학전에서 상위 3위 내에 입상하면 타이베이 시립 건국 고급중학교에 추천 입학할 수 있는 기회가 있다는 이야기를 들었습니다.

이에 중학교 1학년 때에 새로운 데이터 압축 방법을 연구해서 과학전에 출품했고, 전국 3위에 입상했습니다. 2학년 때는 인공지능AI 프로그램을 작성했고, '전자 두뇌 철학자'라는 이름을 붙였습니다. 이 AI는 개념도 새롭고, 완성도도 높았기 때문에 심사위원들로부터 좋은 평가를 받았으며, 전국 1위에 입상했습니다. 2학년 1학기에는 전국 중학교 수학 경시대회에도 나갔으며, 준비 기간이 2주밖에 되지 않았지만 여유롭게 동메달을 받았습니다.

세 번의 좋은 성적으로 명문 고등학교에 추천 입학할 수 있는 가능성이 커졌습니다. 건국 고급중학교의 합격증은 이미 오드리 탕의 손 안에 있는 듯 보였습니다. 그렇지만 누구나 오드리 탕이 건국 고급중학교의 교문을 열 것이라고 생각한 그때, 정작 오드리 탕 스스로는 방황하고 있었습니다.

'엘리트를 위해 펼쳐진 빛나는 미래로 가는 길. 이것이 정말, 내가 가고 싶은 길일까?'

오드리 탕은 어릴 때부터 종교를 비롯해 정신적인 주제를 다루는 책에 흥미를 보였으며, 소학교 6학년에는 《역경易經》을 독파했습니다. 《역경》은 중국의 전통 점을 소개하는 책으로, 동전을 활용해서 운세를 점치는 내용입니다. 한때 오드리 탕은 항상 동전을 가지고 다니면서, 친구들에게 자주 점을 봐주었습니다. 하지만 나중에는 역경의 뜻은 분명한 데 비해, 점괘에는 어떠한 근거도 논리도 없다고 생각해서 점점 흥미를 잃어 갔습니다.

이러한 시행착오를 거치고 인생에 대해 다시금 생각하면서, 오드리 탕은 자신이라는 인간이 세 개의 '나'로 구성되어 있음을 깨달았습니다.

하나는 일상생활을 하는 나(唐宗漢), 또 하나는 시를 쓰는 영혼의 나(天風), 마지막 하나는 인터넷 세계의 나(Autrijus).

세 개의 '나'는 모두 성격이 다른데도, 하나의 몸에 깃들어 있었습니다. 오드리 탕은 이에 당혹감을 느꼈습니다. 그래서 그는 생각을 조금씩이라도 정리하기 위해, 혼자 있을 수 있는 장소를 원하게 되었습니다.

내면의 부름에 눈을 뜨다

어머니는 오드리 탕이 당분간 혼자서 조용하게 지내는 것을 허락했습니다. 우라이烏来 산속의 작은 오두막을 발견한 어머니는, 아이가 스스로 식사를 준비할 수 있게 식재료를 챙겨 주었습니다. 소년 오드리 탕은 홀로 짐을 짊어지고 집을 나섰습니다.

산에 들어간 그는 혼자 전기 없는 오두막에서 살았습니다. 낮에는 산과 나무들을 바라보고, 밤에는 달빛을 마주 보면서 조용한 공간에서 개울 소리, 벌레 소리, 멀리서 짖는 개 소리 등을 들었습니다. 대자연과 하나가 되어 자신을 우주에 띄우고, 또 마음속의 우주를 느꼈습니다. 그러면서 나는 대체 누구일까, 자문을 거듭했습니다.

'어릴 때부터 지금까지 일어난 세계와의 충돌은 무엇 때문이었을까? 어떻게 하면 이 세상에서 고통 없이 행복하게 살 수 있을까?'

순간, 몸속 깊숙한 곳에서 무엇인가가 여성의 부름에 천천히 깨어나는 느낌이 들었습니다. 그는 자신의 인생에 있었던 이런저런 일을 생각하다가 퍼뜩 알아차렸습니다. 만약 사회가 그를 여성으로 인정해 준다면, 지금까지 있었던 괴로운 일은 어쩌면 자신에게 일어나지 않았던 것이 될지도 모른다고.

잘 아는 것 같기도 하고 모르는 것 같기도 한, 지금까지 억눌러 왔던 감정을 이제는 단호하게 마주할 수가 있었습니다. 기나긴 오두막에서의 시간을 거쳐, 오드리 탕은 겨우 납득했습니다. 마음이 원하는 것을 제대로 바라보고, 두 번 다시 도망치지 않기로 했습니다.

주변의 세계는 항상 그에게 '천재'라는 이름표를 붙이려고 했습니다. 그러나 오드리 탕은 더 이상 다른 사람의 잣대로 자신을 정의하기 싫었습니다. 세상이 강요하는 영예라는 것에 현혹되는 것은 이제 질색이었습니다. 수석, 제1지망, 학력, 명문 대학 등의 단어들이 떠올랐다가 순식간에 사라졌습니다. 인터넷이라는 평행 세계에서 오드리 탕은 Autrijus라는 닉네임으로 자신의 위치를 찾았습니다. 경쟁이 치열한 현실 세계에 대한 미련은 더 이상 없었습니다.

오두막에 오기 전 오드리 탕은 예의 타이베이 시립 건국 고급 중학교 컴퓨터부의 단쫑지에와 다이카이쑤가 집필한 해커 소설, 《마이크로소프트의 음모》를 가방에 넣어 두었습니다. 3주 동안 자신을 마주하는 시간 속에서, 오드리 탕은 이 난해한 책을 20번 넘게 읽었습니다. 아직 미숙한 컴퓨터 실력이라서 소설의 세부적인 부분까지는 이해할 수 없었지만, 어딘가에 홀린 듯 책의 내용을 통째로 암기하면서 소설에 몰두했습니다. 책의 말미에는 공저자 중 하나인 단쫑지에가 실어 둔 22권의 영문 서적 목록이 있었습니다. 오드리 탕은 이를 한 권씩 독파해 가며 영어 실력이 비약적으로 늘었지만, 그것은 훗날의 일입니다.

오두막을 나와서 세계를 향해 걷기 시작한 순간, 그는 주위의 기대를 저버린 한편으로, 조각 조각이었던 세 개의 자신이 하나가 되었다는 것을 알았습니다. 후에 친구에게 보낸 편지에 오드리 탕은 이렇게 적었습니다.

"옛 노래, 잃었던 모습, 예전의 마음을 많이 되찾았다."

> ## "상급 학교에는 가지 않아요."

오드리 탕은 집으로 돌아와 부모님께 학력은 아무래도 좋으니, 고급중학교에 진학하지 않고 스스로 선택한 길을 걷고 싶다는 뜻을 전했습니다. 하지만 이러한 결심은 다시 가족을 불안하게 만들었습니다.

그래도 어머니는 아들의 의지를 존중해 건국 고급중학교 입학 자격을 포기하는 것을 지지했지만, 아버지는 이에 다소 회의적이었습니다. 아버지는 자기 아이가 모처럼 이렇게 과학을 잘하는데, 과학자가 될 기회를 잃는 것은 아쉽다고 생각했습니다. 부모님의 마음에는 여러 걱정과 의심이 드리워졌습니다.

가족은 타이베이 시립 페이청 중학교의 교장 선생님 집에 다 함께 모여 그 이야기를 다시 한번 나누기로 했습니다. 그래야 조금 더 차분하게 의논할 수 있겠다고 생각했기 때문입니다. 교장 선생님 앞에서 아버지는 아이에게 고등학교에 진학할 것을 권했지만, 오드리 탕은 다음과 같이 말했습니다.

"과학자는 세상에 수십만이나 있고, 지금 그 길로 간다고 해도 수십만 명 중에 한 명밖에 되지 않아요. 하지만 IT의 길로 가면, 저는 새로운 개척자가 될 수 있을 거예요."

그리고 교장 선생님과 아버지를 향해서, "교과서의 지식은 지금 인터넷보다 10년은 넘게 뒤쳐져 있어요. 건국 고급중학교에는 제가 배우고 싶은 것이 없어요."라고 이야기했습니다.

도대체 언제, 어떻게 오드리 탕은 이런 생각을 품게 된 것일까요? 어쩌면 그는 UC버클리 컴퓨터과학 교수 브라이언 하비Brian Harvey의 생각을 접했을지도 모릅니다.

매사추세츠 공과대학MIT에서 공부했던 하비에 따르면, 학생들을 크게 두 가지로 분류할 수 있었다고 합니다. 한쪽은 우등생으로서 항상 모든 과목에서 성적이 좋은 학생입니다. 다른 쪽은 이른바 해커로, 수시로 수업을 빼지거나 강의를 들으면서 졸기도 하지만, 밤에는 활력이 넘쳐서 인터넷과 통신, 철도, 컴퓨터 등의 다양한 기술을 닥치는 대로 연구하는 학생입니다.

사회의 규범에 따라 착한 아이로 행동하며, 위로 올라가 인생의 승자가 될까? 아니면 사회의 허점을 파고드는 해커가 되어, 그 구멍을 메우는 무언가를 창조할까? 이것이야말로 당시 오드리 탕의 마음속에 떠오른 두 가지 선택지였습니다.

결국 오드리 탕과 가족의 논쟁은 이전과 똑같이 결론지어졌습니다. 가족은 다시 오드리 탕에게 설득되었습니다. 오드리 탕의 인생을 그 자신의 손에 맡기고, 스스로 장래에 대한 책임을 져 나갈 것을 인정한 것입니다.

미국의 시인 로버트 프로스트Robert Frost가 쓴 유명한 시 〈The Road Not Taken(가지 않은 길)〉에는 다음과 같은 구절이 나옵니다.

Two roads diverged in a wood, and I —

I took the one less traveled by,

And that has made all the difference.

숲속으로 두 갈래 길이 나 있었다, 그래서 나는

사람이 덜 지나간 길을 택했고,

그로 인해 모든 것이 달라졌다.

천재가 품은 어둠

　14세에 숲속 오두막을 나서며, 오드리 탕은 아무도 가지 않은 길을 택했습니다. 파격적이면서 도전 정신으로 넘치고, 앞이 보이지 않지만 놀라움으로 가득 찬 인생의 길을 걷기로 한 것입니다. 그 후로 몇 년을 오드리 탕은 혼자서 공부하거나 책을 출간하고, 커뮤니티를 만들면서 보냈습니다.

　오드리 탕보다 두 살 연하인 작가 후요우티안胡又天은 어릴 적 오드리 탕과 관련된 기사를 읽고, 그에게 흥미를 가졌습니다. 14세가 된 후요우티안은, 부모를 따라 오드리 탕의 집을 방문했습니다. 이후 그는 계속해서 오드리 탕의 발자취를 따라가고 있습니다. 후요우티안은 오드리 탕을 따라 여러 가지 놀이를 배웠습니다. 그는 오드리 탕의 집에 처음 갔던 날, '매직 더 개더링Magic: the Gathering'이라는 카드 게임을 접하고 재미있다고 생각했습니다.

나중에 그는 오드리 탕이 이 게임에 빠져서 17세에 '매직 더 개더링'의 대만 최고 점수를 기록했으며, 대만 대표로 선발되어 월드컵까지 출전한 사실을 알게 되었습니다. 몇 년 후에 오드리 탕은 더 나아가 '매직 더 개더링'의 이스포츠e-sports 플랫폼 개설에도 관여했고, 자신도 그곳에서 게임을 즐겼습니다. FreeCiv, NAO, Wesnoth, XCOM2에 이르기까지, 게임은 오드리 탕의 오랜 취미이기도 합니다.

오랫동안 오드리 탕을 지켜보고 있는 후요우티안이 보기에, 그의 가장 희한한 특징은 "약자의 감정에 기댄다"는 것입니다. 어쩌면 어릴 적 따돌림을 당했던 경험으로, 약자를 위해 힘쓰는 것이 자신의 의무라고 생각할지도 모릅니다.

대만 시사주간지인 〈신신문新新聞〉이 14세의 오드리 탕을 인터뷰했던 기사가 있습니다. 기자의 "자신의 천재성을 어떻게 생각하나요?"라는 물음에, 오드리 탕은 이렇게 대답했습니다.

"천재로 간주되지 않는 많은 사람에게는 자신만이 가진 빛이 있습니다. 또 천재로 보이는 많은 사람에게는 자신만이 아는 어둠이 있습니다. 둘 다 멋지고 아름답습니다. 실재하는 것은 IQ가 아니라, 이러한 아름다움이라고 생각합니다."

천재들에게는 확실히 어두운 면이 있습니다. 몇 년 후에 오드리 탕은 《Gifted Grownups(어른이 된 천재들)》라는 책을 읽었습니다. 거기에는 과거 신동이었던 이들이 자란 후 어떻게 학문과 일, 인생의 도전에 마주하고 있는지가 그려져 있었습니다.

어느 장에는, "수감자의 20%가 원래는 매우 뛰어난 능력을 가진 사람이었다."라고 적혀 있었습니다. 가석방을 담당했던 한 교도관은 이런 말을 전했습니다. "범죄자가 되어버린 천재들은 지금까지의 인생 전부를, 세상과의 갈등 속에서 지낸 것 같습니다."

이 책에는 천재들이 가족들로부터 이해받지 못하고, 학교 생활에 좌절하고, 인생에서 잘못된 선택을 되풀이하면서 사회에 실망해 등교하지 않거나, 범죄에 연루되거나, 궁지에 몰려 자살하는 모습들이 담겨 있었습니다.

오드리 탕에게 이 책을 읽는 것은 자신의 천재적인 삶을 조감하는 것이었습니다. 이 책의 이야기는 일어나서는 안 되는 일이었습니다. 이후에 오드리 탕은 다른 사람과 함께 이 책을 중국어로 번역해서, 결코 이런 비극에 빠지지 않도록 스스로 경계비로 삼았습니다.

자유로운 학교에 대한 생각

오드리 탕이 교육에 대해 남다른 생각을 품은 배경에는 이 이유도 있습니다. 독일에서 대만으로 돌아온 어머니 리야칭이 '나도 교육에 종사하고 싶다'는 바람을 가졌던 것입니다. 오드리 탕은 이런 어머니를 온 힘을 다해 응원하고 싶었습니다.

오드리 탕은 어머니가 지금까지 자신을 돌봐준 날들을 되돌아볼 때, 어머니는 '아름다운 안내자'였다고 생각했습니다. 어머니는 늘 그보다 앞서 걸었으며, 어려움을 모두 물리치고 그가 자신의 길을 걸을 수 있게 해주었습니다. 이번에는 오드리 탕이 어머니의 꿈을 뒷받침할 차례였습니다.

몇 년 동안 리야칭은 '학교는 아이들을 어떻게 가르쳐야 할까?', '어떻게 해야 아이들이 더 많은 것을 배울 수 있을까?'라는 고민을 했습니다. 그녀는 세계에서 가장 자유로운 학교라고 불리는 영국의 서머힐 스쿨, 사상가이자 철학자 루돌프 슈타이너가 설립한 독일의 슈타이너 학교, 일본 아이치현에 있는 오가와 초등학교를 참고했습니다. 어느 학교나 아이들의 자율 및 자주학습을 중시하고 있었습니다. 어머니는 많은 시간을 들여 자신이 이상적으로 생각하는 소학교를 구상함으로써 대만 실험 교육의 개척자가 되었습니다.

1994년 리야칭은 몇몇 학부모들과 함께 한 소학교 교실을 빌려서, '종자학교種籽學校'를 열었습니다. 이 실험 학교의 필수 과목은 국어(중국어)와 산수뿐이었습니다. 하지만 선택할 수 있는 과목은 22개에 달했습니다. 영어부터 화학, 미술, 목공, 배관 수리, 농업, 원예까지 배움은 더 폭넓고, 더 깊고, 더 다양했습니다.

학교 선생님의 역할은 아이들을 인도하고, 경청하게 하고, 공부시키는 것이 아니라, 아이들의 배움에 다가서는 것이었습니다. 모든 아이는 자신의 담임을 선택할 수 있었으며, 한 선생님이 담당하는 학생은 단 7명이었습니다. 학교 규칙은 권위를 가진 쪽에서 일방적으로 정하는 것이 아니라, 선생님과 학생의 대화로 만들어졌습니다. 아이들이 싸울 때는 서로 이야기하여 해결할 수 있게 선생님이 도왔습니다. 학교 안에는 '교내 법정'이 있었는데, 법관은 아이들의 신임투표로 선출되었으며, 재판 진행도 아이들이 직접 했습니다.

1년 동안의 시행착오를 거친 종자학교는 '자주교육 실험계획'의 일환으로 신베이시 우라이 산간마을에 있는 신현信賢 소학교에 자리를 잡고 정식 개교했습니다. 산과 숲으로 둘러싸인 이 학교에 다양한 아이들이 찾아왔습니다. 학교에서 마음의 상처를 받았던 아이들은 이곳에서 상처를 치유했습니다. 물론 이 학교에 다니면 아이들의 고집이 더 세질까 걱정하여, 끝내 데리고 돌아가는 부모도 있었습니다. 한편 이곳이 너무 좋아져서, 어른이 된 뒤에 이

곳으로 돌아와서 선생님을 하고 싶다는 목표를 세우는 아이들도 있었습니다.

종자학교가 확립한 참신한 교육은 그 후 대만에서 약 20년 동안 실험 교육의 모델이 되었습니다. 리야칭은 이러한 이념과 교육 모델을 중학교와 고급중학교까지 확대했으며, 일반수업, 선택학습, 자율학습의 세 가지를 각 2년씩 하는 6년의 커리큘럼을 확립했습니다. 그것이 타이베이시의 '자주중고 통합학습'이 되어 실험 교육의 씨앗을 더욱 널리 뿌려 나갔습니다.

그동안 오드리 탕은 이 학교의 고문과 지원자 역할을 맡았습니다. 타이베이 시의회의 공청회에도 출석하여 자신의 경험을 이야기함으로써 홈스쿨링을 인정하는 대만 최초의 실험 교육 조례 탄생에 기여했습니다. 독일에서 그렸던 '대만으로 돌아가서 교육을 바꾸고 싶다'는 꿈을 이룬 것입니다.

리야칭이 실험 교육에만 몰두한 것은 아닙니다. 그녀는 1980년대부터 활발해진 소비자 운동, 환경 보호 운동에도 적극적으로 참여했습니다. 그리고 자율학습 실험학교나 교육 개혁 연맹, 주부 연맹 기금회, 아동 철학 기금회 등의 다양한 조직을 이끌었습니다. 아버지의 자유 민주주의에 대한 관심이 오드리 탕에게 영향을 미쳤다고 한다면, 환경 보호와 교육 개혁에 바친 어머니의 오랜 현장주의 역시 큰 영향을 주었습니다. 어머니는 오드리 탕의 마음속에 사회운동과 소셜 이노베이션의 씨앗을 뿌린 것입니다.

그뿐 아니라, 과거 오드리 탕을 도와주었던 선생 양웬구이도 훗날 대만 실험 교육의 실천자가 되었습니다. 이러한 선견지명을 가진 선생님들은 그때까지 대만에서 이루어지던 스파르타 교육으로부터 아이들을 구해 냈으며, 아이가 자신에게 맞는 교육을 받을 수 있게 손을 내밀었습니다. 이후 20년의 땅 고르기를 거쳐 지금의 대만은 실험 교육에 관한 법률이 완전히 정비되었고, 아이가 매일 학교에 나가지 않아도 자신에게 맞는 학습 계획을 결정할 수 있게 되었습니다.

· · · · ·

이렇게 보면, 어쩌면 다음에 나타날 천재는 오드리 탕과 같은 고통을 겪지 않고도 자유롭게 배울 수 있는 공간을 누릴 수 있을지도 모릅니다. 이는 하루아침에 이룰 수 없는 귀중한 개혁의 성과입니다.

하지만 이것은 아직 나중의 이야기입니다. 14세의 오드리 탕에게, 학교 교육에서 벗어났다고 인생에서의 시련이 끝난 것은 아니었습니다. 학교를 떠난 그는 이제 어디로 가고자 했을까요?

EPISODE

4

멘토 그리고 동료들

외법 답안은 믿지 않습니다.
문제를 해결할 수 있는 방법은
하나가 아닙니다.

By. 오드리 탕 & 미야카와 타츠히코(宮川達彦),
펄 커뮤니티의 신념에 대해서

'모두의 아이'에서 '커뮤니티의 불꽃'으로

어릴 적 오드리 탕이 '모두의 아이'였다면, 이후의 오드리 탕은 '커뮤니티의 불꽃'이 되었습니다. 바로 프로그램 개발자들의 온라인 커뮤니티에 불을 지피는 존재입니다. 그는 여러 다른 전문 커뮤니티에서 성장했으며, 능력을 갈고닦았습니다. 커뮤니티는 그의 시야를 넓히고, 기술과 커뮤니케이션 능력을 단련시켰으며, 세계관을 풍요롭게 했습니다. 그는 이곳에서 창업의 원동력을 길렀습니다. 온라인 커뮤니티야말로 그의 인생 학교이자, 창업의 원점이었다고 할 수 있습니다.

1993년 12세의 오드리 탕은 즈쉰런資訊人 출판사의 주주가 된 타이베이 건국 고급중학교 컴퓨터부 리우덩의 권유를 받아 자신이 컴퓨터를 배운 경험을 글로 썼습니다. 이 글은 《나의 컴퓨터 탐구我的電腦探索》란 책에 담겼습니다. 이 책은 리우덩을 포함해 10명이 함께 집필한 책으로, 저자는 모두 당시 대만에서 가장 일찍부터 컴퓨터를 사용하여 프로그램을 작성하고 있던 젊은이들이었습니다. 오드리 탕을 포함한 10명의 젊은이들은 사회의 이목을 끌었습니다.

오드리 탕이 14세에 중학교를 중퇴하자, 즈쉰런 출판사는 그에게 회사 사이트 유지보수를 도와 달라고 부탁했습니다. 때마침 그는 자신의 실력을 쌓기 위해서, 당시 인기 있던 프로그래밍 언어인 펄Perl[21]을 연구하고 있었습니다. 그는 세계적인 펄 커뮤니티에 참가하고, 펄의 중국어 커뮤니티 설립에도 협력했습니다. 또한 펄 언어 전용 아카이브CPAN, Comprehensive Perl Archive Network에 여러 소프트웨어 작품을 계속해서 발표했습니다.

오드리 탕에게 있어 이러한 세계적인 커뮤니티에 참가한다는 것은, 시공간을 초월한 멋진 모험이었습니다. 그는 지금까지 만난 적도 없는 괴짜 멘토나 열정이 넘치는 동료들을 알게 되었습니다. 그 후의 10년 동안, 그는 점차 영어를 능숙히 구사하게 되었으며, 밤낮을 가리지 않고 인터넷 공간에서 세계 각지의 전설적인 인물 한 사람 한 사람을 만났습니다. 그리고 그들과 교류하고, 그들로부터 배움으로써 스스로도 하나의 전설이 되었습니다.

오드리 탕의 커뮤니티 문화에 대한 이해와 실천이 깊어진 것은, 모두 이러한 멘토들 덕분입니다. 펄의 아버지인 래리 월Larry Wall은 언어학자이기도 해서, 언제나 프로그래밍 전문 용어를 알

---

21 미국 컴퓨터 프로그래머 래리 월(Larry Wall)이 1987년 창안한 인터프리터 방식의 프로그래밍 언어. 사람이 이해하기 쉬운 고급 프로그래밍 언어이자, 다양한 도메인에 적용 가능한 범용 언어입니다. 실용성을 추구하며, C나 AWK, sed, 셸 스크립트 등 다른 언어의 기능을 다수 차용하여 사용합니다. 높은 자유도와 타 언어 대비 강력한 문자열 처리 기능이 장점입니다. 언어의 슬로건은 "어떤 일을 하는 데에는 하나 이상의 길이 있다(There's more than one way to do it, TMTOWTDI)"로, 같은 스크립트 언어인 파이썬(Python)과는 정반대 관점을 취하고 있습니다. —편집주

기 쉽게 다른 용어들로 바꾸어 제시했습니다. 예를 들면, 프로그램의 '변수'를 '명사'로, '함수'를 '동사'로 바꾸어 말하는 식입니다. 심오하지만 쉬운 언어로 프로그래밍 문제에 답하는 것은 그가 가장 자신 있어 하는 일입니다.

월은 총명할 뿐 아니라 유머도 갖고 있었습니다. 그는 일찍이 이렇게 말했습니다.

"개발자의 3대 미덕은 나태, 조급함, 오만입니다. 나태하기 때문에 간결하면서 편리하게 사용할 수 있는 프로그램을 작성합니다. 조급하기 때문에 컴퓨터 하드웨어가 둔할 때에도 빠릿빠릿 움직이는 프로그램을 만들려고 합니다. 오만하기 때문에 트집 잡히지 않을 프로그램을 작성하려고 노력합니다."

오드리 탕에게 월은 지성과 포용력을 가진 롤 모델이었습니다. 그는 커뮤니티에서 분쟁이 있을 때마다 이렇게 말했습니다. "문제를 해결할 수 있는 방법은 하나가 아닙니다." 이 말은 펄 커뮤니티 모두의 입버릇이 되었습니다. 커뮤니티에서 논란이 가열될 때면 늘 이 말이 등장했습니다.

오드리 탕을 이끈 또 다른 멘토는 컴퓨터과학 분야의 개척자 데이비드 D. 클라크David D. Clark입니다. 그는 현재 매사추세츠 공과대학MIT의 컴퓨터과학·인공지능 연구소에서 선임연구원으로 일하고 있습니다. 그는 과거 한 명언으로 인터넷 소프트웨어 엔지니어들의 정신적 지주가 된 바 있습니다.

그것은 바로 "우리의 토론에서는 왕도, 대통령도, 투표도 인정하지 않습니다. 우리가 믿는 것은 대략적인 합의rough consensus[22]와 실제로 실행되는 코드뿐입니다."란 말이었습니다. 이는 커뮤니티가 권위를 신봉해서는 안 되며, 단순한 투표로 가볍게 결론짓는 것이 아니라, 전문성을 갖고 문제를 해결해야 한다는 의미입니다.

이 말은 오드리 탕에게 이 분야의 전문가만이 가질 수 있는 존엄과 커뮤니케이션의 지혜를 깨닫게 해주었습니다. 왜 전문가들의 커뮤니티에서는 '대략적인 합의'가 투표보다 더 중요할까요? 오드리 탕은 말합니다.

"대략적인 합의는 '만족스럽지는 않지만, 모두가 받아들일 수 있는 것'을 나타냅니다. 따라서 커뮤니티에서는 완전하게 승리하는 사람도, 완전하게 패배하는 사람도 없습니다. 반면 투표를 통해 한쪽 손을 들어준다면, 늘 소수가 패배하고 맙니다."

커뮤니티들이 항상 활발하게 대화하는 것은, 결국 토론을 통해 모두가 받아들일 수 있는 결과를 만들어 내기 위해서입니다.

---

22 인터넷의 운영 관리, 개발에 대해 협의하고 기술 표준을 마련하는 IETF(국제인터넷표준화기구)의 운영 원칙입니다. IETF는 타 표준화 기구와 달리 공식투표에서 과반수나 만장일치를 요구하지 않고, 의견이 갈리는 경우라도 여러 차례의 검토와 수정을 거쳐 대략적 합의를 도출하는 방식을 고수하고 있습니다. 편집주

10대에 실무 세계로 발을 내딛다

온라인 커뮤니티에서 지식의 세례를 받는 한편, 오드리 탕은 천천히 소프트웨어 엔지니어로서의 경력을 쌓기 위해서 실무 세계로도 발을 내딛었습니다. 다만 펄 커뮤니티에서의 오드리 탕이 물 만난 고기였던 것에 비해, 중학교를 떠난 뒤 몇 년 간 겪었던 현실 사회는 그의 생각대로 되지 않았습니다.

1996년, 점점 자신이 만든 소프트웨어와 문학 작품이 많아졌기에, 오드리 탕은 검색 프로그램을 만들어 이를 쉽게 찾을 수 있게 했습니다. 즈슌런의 주주였던 허위안賀元은 이 프로그램에서 큰 사업 기회를 감지했고, 기능을 확충해 일반인에게 판매했습니다. '수심쾌수搜尋快手, FusionSearch'라 명명된 이 프로그램은 중국어와 영어 버전으로 만들어져 1만 점 이상 팔렸습니다. 오드리 탕은 이후에 회사의 기술 디렉터이자 주주가 되어 소프트웨어 제품 개발을 담당했습니다. 그의 나이 16세 때였습니다.

그는 즈슌런의 기술 디렉터, 주주, 공동 경영자가 되었지만, 고작 16세였습니다. 그는 사회를 굉장히 단순하게 생각했으며, 기술력을 중시했습니다. 그래서 제품 사양에 관심이 더 많았습니다. 그와 대조적으로 다른 두 명의 공동 경영자였던 허위안과 쉬에샤오란薛曉嵐은 경영대학원에서 수학하고 있었습니다(이때 리우덩은 이미 회사의 일선에서 떠나 있었습니다). 이들은 세상물정에 굉장히 밝았으며, 현란한 언변으로 수많은 언론, 투자자들과 소통하고 있었습니다. 오드리 탕은 셋 중에서는 가장 어렸지만, 사업에 대해 의견이 없는 것은 아니었습니다. 결국 회사의 발전 방향에 대해서 다른 공동 경영자들과 공감대를 이루지 못한 그는 회사를 떠났습니다.

언뜻 볼 때, 오드리 탕은 계산을 잘못한 것처럼 보입니다. 이 회사는 그때, 가장 높고 빛나는 자리에 올라서려고 했기 때문입니다. 오드리 탕이 떠난 그 해 즈슌런은 인텔Intel로부터 1억 대만 달러(원화로 약 36억 원)를 투자받았으며, 이어서 골드만삭스와 씨티은행도 출자 대열에 합류했습니다. 1995년에 막 설립되어 직원 10명도 안 되는 작은 회사였지만, 금세 200명이 넘는 중기업으로 커졌으며, 타이베이뿐 아니라 베이징에도 지사를 두었습니다.

즈슌런은 7개 언어를 지원하는 검색엔진 소프트웨어, SMS 소프트웨어부터 인터넷 상거래 사이트까지 사업 영역을 확충해 나갔습니다. 회사가 공개한 데이터에 따르면 1999년 수익은 300만 달러(원화로 약 30억 원)로, 당해 손익분기점을 달성하는 등 앞날이 밝을 것으로 전망되고 있었습니다.

하지만 여기가 이 회사가 일으킨 돌풍의 정점이었습니다. 언론 분석에 의하면 이후 인터넷 산업의 버블이 점차 꺼진 데다, 즈슌런의 제품 라인은 각각 목표 시장이 별개여서 시너지가 생기지 않았습니다. 영업이익이 불안정해지기 시작했으며, 약속된 자금 조달도 불발되었습니다. 이후 회사와 관련된 나쁜 소식이 속속 알려지면서, 많은 직원이 퇴사하고 공동 창업자도 사임한 끝에 2001년 4월 문을 닫았습니다.

• • • • •

한편 1997년에 즈쥔런을 떠난 오드리 탕은 당시 에이서_{ACER} 그룹에 속해 있었던 밍키디안나오明碁電腦[23]에 입사했습니다. 당시 사장이었던 리쿤야오李焜耀는 이 젊은이를 매우 중용했습니다. 이후 오드리 탕은 새로운 사업 기회에 대한 정보를 수집하기 위해서 실리콘밸리에 파견되었으며, 여기에서 하나의 비즈니스 모델을 발견하게 됩니다.

어린 시절 《마이크로소프트의 음모》를 읽은 이래, 오드리 탕은 소프트웨어는 공공자산인 만큼 모든 사람이 자유롭게 무료로 사용할 수 있게 하여 사회 진보를 위한 인프라 중 하나로 만들어야 한다고 생각해 왔습니다. 그런 신념이 있었기에 소프트웨어 세계에서 그는 자연스럽게 프리 소프트웨어의 편에 서게 되었습니다.

하지만 그는 실리콘밸리에서 새로운 시각을 얻었습니다. 프리

---

23 대만의 대표적인 IT 기업 벤큐(BenQ)의 전신입니다. 1984년에 설립되었으며, 2001년에 에이서(ACER)에서 분사되었습니다. 벤큐는 현재 모니터 및 프로젝터 분야에서 국제적인 경쟁력을 갖추고 있습니다. -편집주

소프트웨어를 지지한다고 해서 반상업주의일 필요는 없었습니다. 소프트웨어 엔지니어에게 있어, 기업을 위한 비용 절감에 집중하는 것 또한 하나의 비즈니스 모델이었습니다. 오드리 탕은 이렇게 설명합니다.

"프리 소프트웨어의 가치 중 하나는 회사를 위해 돈을 얼마나 아낄 수 있는지에 있습니다. 예를 들어 구글이 자사가 사용하는 소프트웨어 전부에 각각 비용을 지불했다면, 지금의 구글은 출현하지 못했을 것입니다. 라이선스료만 해도 어마어마한 금액이라, 신제품을 개발할 여유가 없어졌을 테니까요."

프리 소프트웨어 운동은 이후 오픈소스 운동으로 발전했습니다. 지금에 이르러서는 복잡하고 다원화된 소프트웨어 세계에 대응하기 위해서, 여러 기업이 오픈소스 소프트웨어oss 컨설턴트를 고용해서 활용하고 있습니다.

"실리콘밸리에는 수많은 OSS 컨설턴트가 있습니다. 고액의 월급을 받지만, 이들의 컨설팅으로 기업은 소프트웨어를 자체적으로 개발하는 비용과 유지보수에 드는 비용을 절감할 수 있습니다. 이렇게 비용을 아낌으로써 기업은 다른 업무를 담당하는 사람들을 더 고용할 수도 있습니다." 오드리 탕은 말합니다.

이러한 아이디어를 가지고 대만으로 돌아온 오드리 탕은, 그의 고용주였던 리쿤야오의 도움을 받아 2000년 7월에 19세의 나이로 '아오얼왕傲爾網'이라는 새로운 회사를 차렸습니다. 이 회사는 19~27세의 청년 다섯이 전부인 작은 회사였습니다. 주 수입원은 컨설팅과 교육훈련으로, OSS 자원을 활용하려는 고객이 대상이었습니다. 당시 대만에서 이 비즈니스 모델은 굉장히 새로운 서비스였습니다.

예술가독립협회의 동료들

앞서 즈순런에서 일할 때 오드리 탕은 '예술가독립협회'를 설립했습니다. 프로그램을 만드는 것이 예술 활동과 비슷하다고 생각해서, 이와 같은 이름을 붙인 것입니다. 예술가독립협회는 오픈소스와 펄Perl을 알리기 위한 온라인 커뮤니티로서 매주 한 차례 오프라인 모임도 열었습니다.

멤버로는 가오지아량高嘉良과 지안신창簡信昌도 있었습니다. 둘은 머지않아 차례로 '아오얼왕'에서 오드리 탕의 동료가 되었습니다. 예술가독립협회는 이후 사진가, 음악 창작자와 같은 타 분야 독립 프리랜서들의 참여도 환영했습니다.

협회라고는 하지만 등기를 하고 법인이 된 것은 아니라서 분위기가 학생 동아리와 비슷했습니다. 당시 예술가독립협회는 매주

일요일 오후 타이베이의 역사 있는 찻집인 자등루紫藤廬에서 모임을 가졌습니다. 지안신창은 다음 일화를 들어 모임의 분위기를 설명했습니다. 어느 날 모임에 참석하기 위해서 자등루에 방문한 친구에게 찻집 주인이 한쪽 구석을 가리키며 이렇게 말했다고 합니다. "저기야. 다들 노트북만 보고 말을 안 하는 사람들이지."

이처럼 멤버들은 온라인에서는 열심히 대화했지만 정작 직접 만나면 그다지 대화를 나누지 않았고, 함께 있어도 종종 채팅으로 돌아갔습니다. 그래도 누군가가 어떤 주제를 던지면, 모두가 열띤 논의를 시작했습니다. 그러나 의식의 흐름대로 두서없이 대화하다 보니, 어느 순간 보통 사람은 생각도 않는 추상세계로 빠져들곤 했습니다. 지안신창에 따르면 "그럴 때 대화를 이어가는 것은 단 둘, 오드리 탕과 가오지아량뿐"이었습니다.

타이중 제일 고급중학교를 졸업한 가오지아량은 오드리 탕과 동갑내기입니다. 그에 대해 반 친구들은 "수업이 재미가 없는지 항상 졸았지만 컴퓨터에는 굉장히 열성"이었다고 표현했습니다. 졸업 후 가오지아량은 국립타이완대학의 자신공정계資訊工程系(우리나라의 컴퓨터공학부)에 추천으로 입학했습니다. 그리고 대만 펄 커뮤니티에서 오드리 탕을 알게 되어 친구가 되었으며, 같은 집에서 룸메이트로 지냈습니다.

가오지아량과 오드리 탕의 우정은 20여 년이 지난 지금까지도 이어지고 있습니다. 가오지아량은 오드리 탕에 대해 "일단 생각하는 속도가 굉장히 빠릅니다. 우린 늘 미래의 기술에 대해서 이야기하고 있습니다."라고 말합니다.

가오지아량 또한 프로그래밍에 홀린 사람이었습니다. 룸메이트로서 오드리 탕과 함께 살던 때, 욕실에까지 컴퓨터를 갖고 들어갈 정도였습니다. 그러던 그는 어느 날 패러글라이딩을 하다가 그만 사고를 당해, 머리와 목에 깁스를 한 채 침대에서 요양하는 신세가 되었습니다.

이러한 불편한 생활 속에서도 그는 프로그래밍을 포기하지 않았습니다. 그는 침대에 간이 테이블을 설치한 뒤, 그곳에 컴퓨터를 놓고 계속 프로그래밍을 했습니다. 오드리 탕은 이 모습을 보고 "사상 최고로 힘이 들어가지 않는 혁신적인 플랫폼!"이라며 농담하기도 했습니다.

한동안 둘은 펄 언어 보급에 열중했습니다. 이렇게 아름다운 예술 작품과 같은 프로그래밍 언어는 모두가 배워야 한다고 생각했기 때문입니다. 둘은 마치 교회 선교사와 같은 열정으로 홍보 활동을 벌였습니다. 그들은 좋아하는 데스메탈 가수, 머리를 길게 기르고 머리를 흔들며 기타를 치는 프레디 림Freddy Lim에게조차 펄을 배우라고 이야기할 정도였습니다.

프레디 림의 본명은 린창쭈오林昶佐로, 대만의 록 밴드 소닉ChtoniC의 메인 보컬입니다. 그는 25년 전 대학생일 때 소닉을 만들었습니다. 당시 오드리 탕과 가오지아량은 이 인디밴드의 팬이었고, 자주 라이브에 가면서 그와 친해졌으며, 밴드의 웹사이트에 대해 조언하기도 했습니다. 이후 오드리 탕과 가오지아량은 프레디 림을 예술가독립협회 모임에 초대하게 됩니다.

예술가독립협회 시절 오드리 탕이 어떤 사람이었는지 프레디 림에게 묻자, 그는 웃으며 이렇게 대답했습니다. "그 녀석들은 보통이 아니었어요!"

'보통이 아니다'라는 것은 무슨 말일까요? 예를 들어서 당시는 워쇼스키 자매(당시는 형제)가 제작한 SF 영화 〈매트릭스The Matrix〉가 선풍적인 인기를 끌 때였습니다. 오드리 탕은 이 영화에 푹 빠져서, 목 한가운데에 영화에 나온 문신을 똑같이 하기도 했습니다. 그의 매트릭스 사랑은 지금도 여전해서, 주인공이 사용하던 노키아 휴대전화의 복각판을 자택에 소장하고 있을 정도입니다.

프레디 림은 그 무렵 오드리 탕이나 가오지아량과 함께 기술의 미래라든가, 미래의 행정 서비스가 어떤 혁신적인 방법을 취할지, 그것은 기술로 어떻게 뒷받침될 것인지 등에 대해 마음껏 떠든 것을 기억하고 있습니다.

"오드리 탕은 예술가독립협회에서도 가장 특이한 사람이었습니다. 그 시절 그는 과학이나 점, 오컬트 등을 주제로 엉뚱한 생각을 하고, 미래에 대해서도 여러 가지 상상을 했습니다." 프레디 림은 말했습니다.

협회의 프로그래머들은 매주 모임에서 만나지는 않았지만, 온라인 커뮤니티에서는 항상 활기가 넘쳤습니다. 그들은 프로그래밍에 대해 진지하게 토론했고, 때로는 음악과 예술, 인생을 이야기하며, 가끔은 연구회를 개최하기도 했습니다. 예술가독립협회는 몇 년 동안 함께 오픈소스 세계를 탐색했으며 개발 도구, 리소스, 정보를 공유했습니다. 명확한 조직은 아니었지만, 단결력 강한 커뮤니티였습니다.

프로그래밍 언어 하스켈과의 만남

오드리 탕이 아오얼왕의 사장이 되자, 그가 겨우 19세라는 데 주목하고 그 배경에 흥미를 가진 미디어가 있었습니다. 오드리 탕은 당시 인터뷰에서 이렇게 말했습니다.

"8세에 다른 아이들이 게임을 하고 있을 때, 저는 프로그램을 만들기 시작해서 지금까지 계속 연구해 왔습니다. 저는 프로그램을 만들고 디버깅debugging(프로그램의 오류를 찾아내는 것)하는 데에서 성취감을 느낍니다."

경영 모델에 대해서 질문을 받았을 때는 다음과 같이 대답했습니다.

"아오얼왕은 직원이 5명밖에 없는 회사지만, 회사 외부에 많은 동료 개발자들이 있습니다. 우리의 주 수입원은 컨설팅과 교육 훈련입니다. 기업이 핵심 프로그램과 응용 프로그램을 모두 직접 개발하려면, 큰 비용이 들어갈 것입니다. 저희는 이런 난관을 해결함으로써 기업이 제품과 서비스를 최대한 빨리 출시할 수 있게 도와주는 일을 하고 있습니다."

당시 대만 소프트웨어 산업은 '단독 완성품 제조업'에서 '공동의 프리 소프트웨어 서비스'로 전환되어 가고 있었습니다.[24] 이때 오드리 탕은 아오얼왕과 예술가독립협회가 이상적인 조합이 될 수 있을 것이라고 생각했습니다.

아오얼왕에 있었을 때 오드리 탕은 '야오훙커지耀宏科技'라는 고객 회사의 고문을 맡아서, 여러 어려운 과제를 해결하는 데 협력하고 있었습니다.

당시 대만의 많은 은행과 보험사는 고객의 명세서를 대량으로 인쇄할 필요가 있었기에, IBM의 InfoPrint라는 시스템(이후 Ricoh에 매각)을 사용하고 있었습니다. 이 시스템은 그때도 1,500만 대만달러로 굉장히 비쌌지만, 그만큼 기능이 매우 다양했습니다. 1분에 1,000페이지를 인쇄할 수 있는 것은 물론이고 종이 끼임 검

---

24 '단순하게 프로그램을 처음부터 끝까지 만든다는 발상'에서 '일부 부분에는 오픈소스 자유 소프트웨어를 도입해도 된다는 발상'으로 변화하고 있었다는 의미입니다. -역주

출, 자동 용지 교환, 보조기기 지원 등의 기능을 갖추고 있었습니다.

2004년에 오드리 탕은 한 고객으로부터 보험사 시스템 개발 제안을 받았습니다. 이 시스템은 명세서에서 고객 이름을 불러오는 것이 핵심으로, 구현하려면 중국어 서체 독해 문제를 해결해야 했습니다. 또한 각 명세서에 인덱스를 붙여서 어떤 지점이나 사무소에서 인쇄된 것인지 알 수 있게 해 달라는 요청도 있었으므로, 인덱스 파일도 따로 만들어야 했습니다.

오드리 탕은 자신이 잘 알고 있는 펄을 활용해서 이를 연결하는 프로그램을 작성했지만, 컴퓨터와 프린터의 속도를 따라잡을 수 없는 문제가 발생했습니다. 믿었던 펄이 문제를 일으키는 것을 직접 목격한 그는 조금 풀이 죽었습니다.

"엔지니어라면 다 알지만, 시스템 충돌crash이 발생했을 때는 모니터에 6개 프로그래밍 언어로 경고 표시가 뜨거든요."

문제의 실마리를 찾기 위해, 오드리 탕은 두 달 동안 새로운 프로그래밍 언어 6개를 공부해야 했습니다. 프로그램을 아예 다시 만들어서 눈앞의 고난도 문제를 해결하려고 한 것입니다. 하지만 다섯 번째 프로그래밍 언어로도 성공하지 못했습니다. 마지막으로 배운 하스켈Haskell[25]이 마침내 구원의 열쇠가 되었고, 문제를 매끄럽게 해결할 수 있었습니다. 이것이 오드리 탕이 하스켈을 만나게 된 비하인드 스토리입니다.

하지만 곧 나쁜 소식이 전해졌습니다. 대만 기업들의 몰이해로 오픈소스 프리 소프트웨어의 장점이 좀처럼 알려지지 않았고, 아오얼왕의 실적이 예측을 밑돌다가 2005년 2월 문을 닫게 된 것입니다. 비록 아오얼왕은 성공하지 못했지만, 여유가 생긴 오드리 탕은 마침 더 흥미로운 분야를 발견하고 큰 호기심을 가졌습니다. 바로 전문적인 커뮤니티에서 소프트웨어를 새롭게 개발하는 방법이었습니다.

그는 몇 년 동안이나 펄 보급에 에너지를 쏟았으며, 펄 언어 전용 아카이브CPAN에 가장 많은 모듈을 발표할 정도였습니다. 그렇지만 어느덧 프로그래밍 언어를 단순하게 사용하는 것만으로는 소프트웨어를 이해할 수 없다고 생각하게 되었습니다. 소프트웨어 개발은 그 핵심에 들어가지 않으면, 그저 남에게 권하기만 하는 포교활동처럼 되고 말았기 때문입니다. 이에 따라, 오드리 탕은 새로운 계획에 착수했습니다. 바로 펄 다음 단계로의 돌파구를 여는 것이었습니다.

---

25 순수 함수형 언어로 배우기 어렵고 언어 디자인이 극단적이라는 평가를 받습니다. 하스켈 자체 활용보다는 개념들을 다른 언어에서 활용하는 경우가 많다고 합니다. -편집주

오드리 탕이 참여하던 펄 커뮤니티는 2000년에 심각한 병목 현상에 놓여 있었습니다. 펄은 Perl 5까지 와서 발전이 크게 정체되었고, 신세대 Perl 6는 좀처럼 출시되지 못하고 있었습니다. 커뮤니티의 많은 사람이 Perl 6를 위한 프로젝트를 여럿 시도했지만, 모두 성공하지 못했습니다.

그러던 2005년 2월 2일, 펄 커뮤니티의 칼 매삭Carl Mäsak은 일부분이지만 Perl 6의 개발을 실현한 인물을 발견했습니다. 바로 하스켈을 활용하는 오드리 탕이었습니다.

다국적 커뮤니티를 이끄는 사람

관심이 생긴 매삭은 오드리 탕이 시작한 Perl 6 채널에 들어가 보았습니다.

"마치 태풍의 눈에 다가가는 기분이었습니다. 기적처럼 정말 많은 일들이 일어났습니다. 오드리 탕이 갱신을 완료했다고 생각하면, 옆에서 또 누군가가 무엇인가 멋진 프로젝트를 시작하는 식으로, 재미있는 발상과 구현이 밤낮으로 채널에 올라오고 있었습니다."

채널에서는 오드리 탕이 어떻게 그렇게 높은 생산력을 유지할 수 있는지에 대해서도 관심이 모아졌는데, 다음과 같은 대화가 오고 가기도 했습니다.

오드리 탕: 그럼 다음에. 샤워하고 올게요.

Geoffb: 그렇다면 오드리 탕 님이 욕실에서도 IRC(채팅)를 한다는 소문은 거짓말인가요…. 샤워 커튼 옆에 노트북을 두고 샤워하면서 본다는….

오드리 탕: 네 사실입니다. 물이 안 닿게 항상 칫솔로 키보드를 누르고 있습니다.

또 어떤 때는 오드리 탕이 잠을 자기는 하는지에 대해 논의를 하는 사람도 있었습니다.

Castaway: 오드리 탕 님은 자고 있나요?

nothingmuch: 가끔 자러 간다고 선언은 하고 있습니다.

Castaway: 믿을 수 없네요.

Mauke: 뇌 신경망과 컴퓨터를 연결하는 인터페이스가 있어서, 꿈속에서 프로그램을 작성하는 것일지도 몰라요.

Castaway: 전혀 놀랍지 않아요. :)

Juerd: 그렇죠. 잔다고 했는데 몇 시간 안 되어 다시 나타나

선 산더미 같은 프로그램을 올리잖아요. 그러니 안 믿어
요. :)

Castaway: ㅋㅋ 대충 30분 정도 자는 것이 아닐까요?

영어로 소통하는 모든 Perl 6 채널에서 오드리 탕은 무리 없이
소통했으며, 커뮤니티 리더로서 여러 역할을 해냈습니다. 그의 열
정과 유머 덕에 모든 참여자가 지금도 잊기 힘들 정도로, 채널에
는 항상 즐거운 분위기가 조성되었습니다.

이러한 활기찬 다국적 커뮤니티는 어떻게 만들어질 수 있던
것일까요? Peter라는 프로그래머는 자신의 블로그에 네 가지 포인
트를 적었습니다.

1. 빠른 응답
2. 모든 사람의 창작 장려
3. 모두가 함께할 수 있는 여유로운 시간을 만드는 것
4. 널리 권유하여 흥미를 가진 사람들이 참가하도록
    하는 것

오드리 탕은 이러한 포인트를 확실하게 모두 짚고 있었습니다.
Perl 6 채널에서는 프로그램과 관련된 논의뿐만 아니라, 톨킨J. R. R.
Tolkien(《반지의 제왕》 시리즈의 작가)의 시에 대한 토론도 진행되었습

니다. 또한, 이 채널에서는 해당 주제에 지식이 부족하더라도 관심만 있다면, 누구든 환영받았습니다.

오드리 탕의 이런 선량한 스타일은 자신의 인격이기도 하고, 펄Perl의 창시자 래리 월의 가르침에서 비롯된 것이기도 합니다. 월은 커뮤니티 모두에게 자주 '트롤 허깅troll hugging(기술이 미숙하고, 분위기를 잘 읽지 못하는 사람들도 받아들이는 것)'을 해야 한다고 촉구했습니다. 상대방이 커뮤니티에 처음 참여했을 때 그가 어느 정도 수준인지 따지기보다, 들어오면 얼마나 발전할 수 있을지에 주목하자는 것입니다.

매삭도 다음과 같이 이야기했습니다.

"거친 문화를 가진 다른 채널에 비해 Perl 6 채널은 인터넷에서 가장 따뜻한 커뮤니티라고 할 수 있었습니다. 우리는 굉장히 많은 시간을 들여서 신규 가입자의 질문에 답해 주었고, 문법 오류를 확인해 주었으며, 접속자나 개발팀을 위해 각종 전문용어와 설계방침을 정리했습니다. 우리는 서로의 코드와 블로그 글을 체크하며 채널 전체에 서로를 존중하고 배려하는 마음이 충만하도록 노력했습니다."

이 광적인 개발과 프로모션의 날을 돌아볼 때, 오드리 탕의 얼굴은 미소로 가득했습니다.

"그때는 초대장을 여기저기 많이 뿌렸습니다. 누가 Perl 6를 언급하기만 하면, 그리고 불행히도 이메일이 공개되어 있다면, 그 사람에게 자동으로 초대장을 보내 언제든지 함께 개발해 줄 것을 요청했습니다. 게시판에 'Perl 6는 언제 나와요?' 하고 묻는 사람이 있어도, 무조건 초대장을 보내고 '도와줘요!'라고 했습니다.

개발 포럼에서도 근처에 앉아 있던 프로그래밍 언어 파이썬 Python의 창시자 귀도 반 로섬Guido van Rossum이 아무렇지도 않게 '그래서 여러분의 Perl 6는 어떻게 된 거죠?'라고 물었고, 결국 그도 초대장을 받게 되었습니다.

한번은 핵심 팀원 중에 한 명이 아이를 낳았는데, 생후 4일째에 그 아이의 이름으로 만들어진 이메일에 다른 누군가가 초대장을 보내기도 했습니다. 그러니 이 커뮤니티는 완전히 무정부 상태였습니다. 하지만 모두가 즐겁고 기쁘게 공헌하고 있었지요."

오드리 탕은 웃으며 말했습니다.

2년 동안의 세계 여행

오드리 탕은 온라인 커뮤니티를 넘어, Perl 6의 프로모션을 위해 오프라인 투어도 시작했습니다. 2005년 2월부터 2006년 11월까지 2년 가까운 기간 동안 그는 세계 20개의 도시를 방문했습니다.

오드리 탕이 말하길, 이는 저명한 수학자 에르되시 팔Erdős Pál
로부터 영감을 받아 한 일이었습니다. 에르되시는 일정한 장소에
머물지 않았으며, 그의 여행 방식이란 다른 수학자에게 가서 "잠
시만 살게 해주게! 그럼 논문 쓰는 걸 도와주겠네."라고 단언하
는 것이었습니다. 그리고 상대방이 더는 못 견디게 되거나, 논문
이 출판되거나 둘 중 한 가지 일이 벌어지면 이렇게 말했습니다.

"나가라면 나가겠지만 이런 이야기를 해볼 만한 다음 수학자
의 주소를 가르쳐주게. 그러면 내가 어디로 가야 할지 알겠지. 그
리고 기차 표도 좀 사주겠나?"

그는 이러한 교류와 협력을 거듭하며 83세까지 1,525편의 논
문을 발표해, 세계에서 가장 많은 수학 논문을 발표한 사람이 되
었습니다.

23세의 오드리 탕도 이러한 방식으로 전 세계를 주유하기로
했습니다. 그는 일단 일본에 가서 코가이 단小飼弾(라이브도어의 전
신인 온더엣지의 최고기술책임자)을 찾아갔으며, 그에게 유니코드(문
자 코드 규격)를 작성하는 방법을 배웠습니다.

"그는 얼마간 저와 같이 살다 결국 버티지 못하고, '오스트리
아에 패럿Parrot이라는 프로그래밍 언어를 전문적으로 쓰는 놈이
있으니, 거기 가서 살아!'라고 하더군요."

그래서 그는 다음에 오스트리아로 갔으며, 이어서 에스토니아

를 포함한 여러 도시를 방문했습니다.

2년간의 여행 중, 2005년 말 오드리 탕은 자신의 인생에서 꽝
장히 중요한 결정을 내렸습니다. 트랜스젠더이기를 택하고, 이를
세상에 알리기로 한 것입니다. 이때부터 오드리 탕은 '남성'에서
'여성'이 되었습니다. 하지만 이러한 전환은 Perl 6 보급을 위한 여
행에는 어떠한 영향도 주지 않았습니다. 매삭이 관찰한 바에 따
르면, 오드리 탕은 트랜스젠더임을 선언한 후 생산성이 훨씬 높아
졌습니다. 그러면서 커뮤니티에 더 크게 공헌하는 동시에 많은 프
로그램을 만들었다고 합니다.

오드리 탕은 그렇게 이곳저곳을 방문하며 2년 동안 14번의 해
커톤을 개최했습니다. 해커톤의 참가자는 20명에서 100명까지 다
양했습니다. 그는 또한 인텔, 아마존 등의 기업에 초청받아 여러
강연을 진행했으며, 더 많은 프로그램 개발자들과 알게 되었습니
다. 이러한 체험은 그의 시야를 넓혔으며, 전 세계의 다양한 프로
그래밍 커뮤니티와 제휴해 나가게 되었습니다.

Perl 6 보급 여행에서 돌아온 오드리 탕이 하스켈을 결합시키
고 커뮤니티의 모두와 노력하여 만들어 낸 Perl 6는, Pugs라고 불
리게 되었습니다. 그리하여 프로그래밍 업계에서 Perl 6라고 하면,
누구나 오드리 탕을 떠올리게 되었습니다. Pugs는 Perl 6의 새로
운 돌파구였습니다. 이후 많은 커뮤니티가 이를 이어받았고, 실제
로 사용할 수 있는 수준의 Perl 6 버전이 완성되었습니다. 이것이

지금의 Raku입니다.

오드리 탕의 여행은 2006년 말 일단락되었습니다. 연유는 단순했습니다. "비행기 표 값이 비싸다 보니, 2006년 말쯤 되자 저축한 돈도 바닥나서 대만으로 돌아가 일하기로 한 것입니다."

대만으로 돌아온 그는 이전에 고문으로 있었던 야오훙커지에 다시 들어갔습니다. 당시 야오훙커지는 근 2년간 오드리 탕이 과거 하스켈을 사용해 작성한 시스템 덕택에 시장의 지배권을 쥐고 있었습니다. 이 시스템은 문제였던 한자 처리가 가능해졌을 뿐 아니라, 실시간 보고서 생성 및 저장, 인덱스 관리, 전송, 명세서 인쇄 등을 할 수 있었습니다. 따라서 이 시스템을 사용하고 싶다는 문의가 계속 날아들었고, 마침내 대만중앙은행까지도 사용하게 되었습니다.

하지만 그는 2008년 무렵부터 일에 싫증을 느끼기 시작했습니다.

"아마 금융위기 때문일 텐데, 돌연 '중년의 위기midlife crisis'를 느꼈습니다. 일이 잘 풀려서 돈은 꽤 벌었지만, 제 감각으로는 이 자본 금융 구조라는 기계에 기름칠을 해서 잘 돌아가게 만들고, 비용을 조금 줄여서 원활하게 운영한다는 느낌뿐이었습니다."

일은 순조롭고, 돈 걱정도 없었습니다. 하지만 오드리 탕의 눈으로 볼 때, 많은 기업의 내부 방침 결정 모델은 전혀 바뀌지 않았고, 권력과 자원은 항상 위에서 아래로 움직이고 있었습니다.

기업 내부에는 어떠한 혁신적인 에너지도, 다원적인 커뮤니케이션도 없는 것만 같았습니다.

그래서 오드리 탕은 회사를 떠나기로 결정했습니다. 이때 그는 블로그에 다음과 같이 선언했습니다.

"이제 집에서 일하고 싶어요. 영업이라는 업무 자체가 너무 귀찮네요. 이대로 계속 가다간 프로그램을 작성하는 시간보다 골프를 치는 시간이 더 많아질 것 같아요."

천재의 원격 업무

블로그에 글을 올리고 하루 만에 두 곳의 회사에서 일이 들어왔습니다. 소셜텍스트Socialtext와 페이스북Facebook이었습니다. 두 회사는 모두 오픈소스 커뮤니티에서 사용하던 도구들을 일반인의 생활에 응용하려는 생각을 하고 있었습니다.

차이가 있다면, 소셜텍스트는 업무 시간에 사용하는 것으로 일반 회사의 내부 프로세스를 대체하지만, 페이스북은 업무 외 시간에 사용하여 미디어의 역할을 대체하는 것이란 점이었습니다.

"꼬박 하루 고민하고 결정했습니다. 소셜텍스트에 들어가기로. 모두의 업무 시간을 바꿔 보는 편이 재미있을 것 같았거든요."

오드리 탕은 설명했습니다.

"소셜텍스트에서 우리는 위키백과 등의 민간에서 만들어진 새로운 오픈소스 모델을 기업에서 쓸 수 있는 커뮤니티 서비스로 바꾸어 나갔습니다."

소셜텍스트는 기업계의 페이스북이라고도 불리며, 2002년에 설립된 뒤에 2007년에 크게 개편되었습니다. 본사는 미국 캘리포니아 실리콘밸리에 위치했습니다(정확하게는 팔로 알토). 소셜텍스트는 소프트웨어와 서비스를 제공하여 직원들이 사내에서 그룹이나 블로그internal blog, 위키스페이스wiki workspaces를 만들 수 있게 하고, 이를 데스크톱 컴퓨터와 스마트폰 환경에서 모두 사용할 수 있게 지원했습니다.

이 새로운 네트워크 미디어 형식을 이용하면 몇 만 명이 동시에 말하고, 그것을 또 몇 만 명이 동시에 들을 수가 있습니다. 이 기술을 활용함으로써 기업 내부에 혁신의 씨앗이 뿌려지는 것입니다.

예를 들어서 옥스퍼드대학 출판국에서 오늘 내로 새로운 아랍어 출판물의 간행 계획을 결정하기로 한 경우, 사내 미디어에 #(해시태그)를 사용해서 키워드를 태그하고 네트워크 위키로 사람들의 의견을 모으면 됩니다. 그러면 새로운 출판물의 콘셉트를 무려 5만 명에 달하는 전 직원이 다 함께 다듬어갈 수 있습니다.

"회사 내부에서 사용되는 이런 미디어는 회사의 문화를 바꾸고, 동적인 편제를 편리하게 해줍니다. 이 같은 개방적인 혁신은 업무를 최적화하며, 더 나아가 업무 자체를 재정의할 수도 있습니다." 오드리 탕은 말합니다.

오드리 탕은 2008년 8월에 소셜텍스트에 입사해서, 창업 멤버의 대열에 합류했습니다. 이 회사는 탄탄한 원격 업무 환경을 갖추고 있었으므로, 오드리 탕은 대만에 있으면서 자신의 일을 스스로 찾아 할 수 있었습니다. 그는 이 회사에서 자신이 꿈꾸던 직장의 모습을 목격했습니다. 평등성과 개방성, 전문성, 효율성을 두루 갖춘 '일의 이상'이었습니다.

소셜텍스트는 소수의 직원만 미국 본사에서 근무할 뿐, 다른 멤버들은 전 세계에 흩어져 있었습니다. 그렇기에 원격 업무 규칙이 엄격하게 만들어져 있었습니다. 회사의 기술 리더 맷 휴서Matt Heusser는, 일찍이 소셜텍스트의 신기한 업무 흐름에 대해 다음과 같이 언급했습니다.

1. 미국 태평양 표준시 오전 10시부터 오후 2시까지는 전 세계의 모든 직원이 공동으로 일하는 시간대이므로, 모든 회의는 이 시간대에 진행합니다.

2. 프로젝트 개발 주기는 2주에 1회로 합니다. 또한, 매주 3회 오후 1시부터 전원이 참석하는 스탠딩 미팅[26]을 진행합니다.
3. 스탠딩 미팅에서는 '어제 무엇을 했는지, 오늘은 무엇을 할지, 현재 어떤 문제를 겪고 있는지'의 세 가지를 차례로 보고합니다.

또한 소프트웨어 개발은 밀접한 연계 작업이기 때문에 누군가가 실패하면 그룹 전체의 진척도에도 영향을 줄 수 있습니다. 따라서 논의를 통해 모두의 동의를 얻은 다음 온라인 채팅방에서 누군가의 이름이 언급되는 즉시 그 사람의 컴퓨터에 알림을 띄우고, 바로 토론해 문제를 해결하도록 했습니다.

원격 업무를 위한 커뮤니케이션에 도움이 되는 아이콘 툴도 있었습니다. 회의 전에 직원들이 자신의 페이지에 미리 내용을 적어 두면, 시스템이 이를 자동으로 위키페이지에 정리합니다. 회의 시에는 자신이 적은 내용이 따로 표시됩니다. 이 같은 면밀한 계획과 적절한 지원이 있었기 때문에, 스탠딩 미팅은 매회 8~12분으로 짧게 끝났습니다.

---

26 예측 가능한 기준으로 반복되고 참가자의 일정에 지속적인 의무를 부과하는 회의.
   -편집주

2007년부터 2010년까지 오드리 탕이 속한 팀은 2주 단위 프로젝트 개발을 52번 경험했는데, 프로젝트에 지연이 발생한 것은 4번뿐이며, 그중 2번은 크리스마스와 신년 휴가로 인한 것이었습니다.

오드리 탕은 소셜텍스트에 있던 몇 년 간, 예전 Perl 6 채널과 같은 분위기를 느꼈습니다. 당시 그는 위키 스프레드시트의 Social Calc 프로젝트에 참여했는데, 동료들이 전 세계 9개의 시간대에 흩어져 있었으므로 고난도의 협업이 필요했습니다. 고심 끝에 팀은 하루 24시간 내에 '디자인-개발-품질 관리'를 할 수 있는 피드백 루프를 완성했습니다. 마치 릴레이를 하듯, 각 단계에서 각자 8시간씩을 소비했습니다.

"이러한 비동기 협업 작업에서는 자기가 어떤 작업을 했는지 자세하게 알릴 수 있어야 합니다. 이 과정을 반복하니 서로에 대한 신뢰가 큰 폭으로 향상되었습니다. 소셜텍스트는 대면 교류가 거의 없었지만, 이러한 사내 문화를 통해 서로 간에 신뢰와 우정을 쌓았습니다. 트러블도 점차 줄면서, Social Calc 개발은 굉장히 즐겁게 진행되었습니다."

이것은 오드리 탕에게 이미 친숙한 커뮤니티의 분위기였지만, 이번에는 그 커뮤니티가 회사가 되어 그 앞에 꿈의 직장으로 나타난 것이었습니다.

과거에 "어떤 회사라면 천재를 머무르게 할 수 있을까?"에 대해 연구한 사람이 있었습니다. 연구 결과는 이랬습니다. 천재에게 매일 새로운 도전을 하게 해주고, 우호적으로 이야기를 나눌 수 있는 팀이 있으며, 스스로 작업 환경을 설계할 수 있고, 현재 분야를 알고 난 후에는 새로운 분야로 옮겨 학습을 이어 나갈 수 있는 곳. 그런 곳이야말로 천재가 머무르는 회사였습니다.

일반인들은 기업이 회사에 천재를 영입하기를 갈망한다고 생각하기 쉽지만, 실제로는 반대입니다. 많은 경영자는 팀에 천재가 들어오면 관리하기 어렵다고 생각합니다. 어떤 책임자는 "천재는 마음을 열지 않으며, 업무를 귀찮게 만들 뿐"이라고 이야기합니다. 그런가 하면 또 다른 누군가는 딱 잘라 이렇게 말합니다. "불안정한 천재보다는 안정적인 범인을 여러 명 고용하는 것이 훨씬 좋습니다."

앞선 연구의 결론을 적용해 보면, 소셜텍스트는 상당한 노력을 기울여 천재들이 함께 일할 수 있는 환경을 만들어 냈음을 알 수 있습니다. 이들의 사업이 나날이 발전한 것도 납득이 갑니다.

2012년, 이 장래가 유망한 회사는 통합 인재 관리 및 학습 솔루션 회사인 피플플루언트PeopleFluent에 매각되었습니다. 오드리 탕은 4년이 채 안 돼 실리콘밸리 창업자의 목표인 '회사 매각'까지 이루어 낸 것입니다.

실리콘밸리에서 회사를 매각한 창업자의 다음 단계는, 일반적으로 엔젤 투자자가 되어 새로운 스타트업을 찾아내 투자하는 것입니다. 단기간에 추가적인 이득을 얻기 위해서입니다. 하지만 오드리 탕은 이러한 프로세스에서는 자신이 배울 것이 없다고 느꼈습니다.

"전통적인 자본주의 시스템 내부에서 탐색할 수 있는 공간은 한정되었고, 한계점에 다다른 기분이었습니다."

이제는 공공의 이익을 위해서

회사를 매각한 후 오드리 탕은 소셜텍스트와 애플, 옥스퍼드 대학 출판국 등 3개사의 고문을 맡았습니다. 일주일에 10시간 정도만 일하는 편안한 생활이었으며, 한 달 수입도 2만 달러(원화로 약 2,000만 원)였습니다. 당장 은퇴해도 생활에 별 문제가 없는 상태였습니다.

'그렇다면 지금이야말로 공공의 이익을 위해 몸을 던져야 할 때다. 앞으로의 시간은 그렇게 살아야겠다.' 오드리 탕은 이렇게 결심했습니다. 그런데 무엇을 하면 좋을까요?

그때까지 가장 좋아하는 책이 무엇이냐는 질문을 받으면, 그는 제임스 조이스James Joyce의 《피네간의 경야Finnegans Wake》와 여러 언어의 사전이라고 답했습니다. 조이스야 그렇다 치고, 왜 사전을 좋아하는 것일까요? 오드리 탕은 이렇게 설명합니다.

"사전을 통해, 어떤 문화를 이해할 수 있기 때문입니다."

언어와 컴퓨터가 서로 교차하는 곳, 그곳은 분명 그가 가장 사랑하는 공간입니다. 애플에서 고문을 하고 있을 때, 오드리 탕은 자신이 있는 시리Siri 팀에서 자주 시인을 고용하며, 고용 조건은 몇 년의 시 창작 경험이라는 것을 알았습니다. 시리는 음성으로 대답하는 인공지능 소프트웨어로, 언어에 대한 높은 감수성이 요구됩니다.

"시는 가장 간결한 말입니다. 시리는 짧은 일상의 대화를 통해서 주인의 기분을 판단하고, 적절하게 응답해서 기분 전환까지 해줘야 합니다. 이런 삶의 지혜를 인공지능으로 옮기는 것은 쉬운 일이 아닙니다."

오드리 탕은 처음에는 시리가 중국어를 말하게 하려고 시도했으며, 이어서 상하이어[27]를 말하게 하려고 했습니다. 옥스퍼드 대학 출판국에서는 우난투슈五南圖書 출판사의 《국어활용사전》(여기에서 국어는 중국어를 지칭)의 디지털화를 추진했습니다. 이후에 맥 OS와 아이폰에 사용된 중국어 사전은 그가 참여한 버전입니다.

---

27 중국 상하이 지역에서 쓰이는 중국어 방언의 한 갈래. -편집주

이때 오드리 탕은 자신이 어려서부터 지금까지 혼자서도 계속 공부할 수 있었던 이유는 인터넷에 많은 사람이 무료로 제공해준 방대한 자료의 혜택이라고 생각했습니다. '프로젝트 구텐베르크' 도 그렇지만, 이런 자료는 뜻을 가진 사람이 시간을 들여 조금씩 정리한 것들로, 완전히 무료입니다. 만약 중국어 사전을 디지털화 할 수 있다면, 많은 사람에게 무료로 개방해서 혜택을 줄 수 있을 것이었습니다.

그의 이러한 계획은 2013년에 시작한 공익 프로젝트 '모에딕萌典'으로서 결실을 맺었습니다. 당초 모에딕은 구글 대만 클라우드 컴퓨팅 플랜의 리더인 예핑葉平과 공동으로 시작했으며, 지금은 오드리 탕이 있는 g0v 커뮤니티에서 운영하고 있습니다.

그들이 시도한 것은 대만에서 가장 많이 사용되고 있던《교육부 국어사전》(중화민국 교육부의 중국어 사전)의 디지털화였습니다. 이 프로젝트에는 이후 500명이 넘는 사람이 참가해서, 자료 추가와 수정 작업을 진행했습니다.

이들은 힘을 합쳐 종이 사전에 있던 6,000여 개의 오류와 시대에 맞지 않는 부분을 찾아서 개정했습니다. 이는 데이터를 제공한 교육부에도 중요한 인사이트를 주었습니다. 정부의 문헌 데이터를 일반인에게 개방하는 것은 일방적인 혜택이 아니고, 사람들로부터 피드백을 받아 데이터의 정확성을 유지하는 유지관리 작업이기도 하다는 것이었습니다.

이 디지털 중국어 사전은 16만 개에 달하는 중국어 항목은 물론이고, 최종적으로는 민난어閩南語, 하카어客家語와 같은 중국어 방언도 수록했으며, 중국어-영어, 중국어-프랑스어, 중국어-독일어의 대역도 제공하게 되었습니다.

'모에딕'과 아미어

'모에딕' 프로젝트에서 오드리 탕에게 가장 깊은 인상을 남긴 것은 대만의 선주민先住民[28] 중 하나인 아미Ami족[29] 친구가 어떻게든 아미어 항목을 늘리려고 했던 부분입니다.

'모에딕'의 프로그램 아키텍처는 원래 한자용으로 설계되었습니다. 그래서 표음문자 언어는 설계에 포함되지 않았습니다. 하지만 그 아미족 친구는 모에딕 프로젝트가 아미어 사전을 만들 수

---

28 17세기 타이완 섬이 청나라 영토가 되어 한족 이주가 본격화되기 이전, 고대부터 대만에 뿌리내리고 산 오스트로네시아족 소수민족들을 통틀어 일컫는 말입니다. -편집주

29 대만 정부에서 공인한 16개 선주민족 중 하나. 총 20여 만 명으로, 대만 선주민족 중에는 가장 인구수가 많습니다. 이름인 Ami는 고유 언어로 '북쪽'을 의미합니다. 전통적으로 모계사회이며, 대만 동부 화롄, 타이둥 지방에 터를 잡고 있습니다. -편집주

있는 절호의 기회라고 느껴 크라우드소싱crowd sourcing[30]을 진행했습니다. 오드리 탕은 이렇게 평했습니다.

"그들은 다양한 유래를 가진 아미어 사전을 디지털화해서, 53시간 만에 8만 개 이상의 항목을 완성했습니다. 무척 감동적이었습니다."

선주민들로서는 언어가 사라지면, 문화의 흔적도 함께 사라져 버립니다. 아미족 버전의 '모에딕'이 있기에 그들의 귀중한 문화적 기억도 전승되어 갈 수 있는 것입니다.

14세에 온라인 커뮤니티에 참여한 후 지금까지 오드리 탕은 커뮤니티라는 인생의 학교에서 여러 전문적인 도전에 성공하고, 인생의 목표도 성취해 냈으며, 평생의 친구들도 만났습니다.

2016년 1월 20일에 영화 〈데드풀Dead Pool〉로 세계적인 인기를 얻은 배우 라이언 레이놀즈Ryan Reynolds가 신작 프로모션을 위해서 대만을 방문했습니다. 공교롭게도 그날 그의 트위터에는 다음과 같은 메시지가 올라왔습니다.

"Taiwan!!! 我来應徵閃靈樂團的主唱了!(대만!!! 소닉 메인 보컬에 응모하러 왔다!)"

이 트윗의 배경은 이렇습니다. 사흘 전인 1월 17일 대만 총선

---

30 대중(crowd)과 아웃소싱(outsourcing)의 합성어로, 기업 활동의 일부에 대중을 참여시키는 것을 의미합니다. 외부 전문업체 대비 개발 비용이 저렴하며 잠재 시장을 확보할 수 있다는 장점이 있습니다. ─편집주

에서 새 입법위원(우리나라의 국회위원)이 선출되었는데, 그중 한 명이 앞서 소개한 대만의 헤비메탈 밴드 소닉의 메인 보컬 프레디 림이었습니다. 그걸 보고 '입법위원으로 선출됐다면 이제 보컬은 더 할 수 없는 게 아닌가' 하고 생각한 라이언 레이놀즈가, 이를 기회 삼아 프레디 림을 대신하겠다는 장난스러운 이야기를 한 것입니다. 이는 즉시 대만 언론의 강렬한 반향을 불러일으켰습니다.

수년 동안 소닉Chthonic은 세계적으로 알려진 유명 밴드가 되었습니다. 헤비메탈과 전통 악기를 결합한 이들의 스타일은 그 독특함으로 인해 세계에서 주목받았습니다. 프레디 림이 영국의 록 음악 잡지 〈테러라이저Terrorizer〉의 독자 투표에서 세계 3위 보컬로 선정되기도 했습니다.

한편 프레디 림은 록 음악뿐 아니라, 국제 정치에도 관심이 많았습니다. 그는 티베트의 달라이 라마를 지지했으며, 국제 엠네스티의 대만 이사장을 맡기도 했습니다. 마침 같은 해에 오드리 탕도 대만 내각에 입각하여, 디지털 장관이 되었습니다. 프레디 림은 이렇게 이야기했습니다.

"예술가독립협회 시절 그와 열린 정부의 가능성에 대해서 토론했습니다. 그 망상이 무려 20년 뒤에 실현되리라고는 미처 생각하지 못했네요."

프레디 림은 과거 오드리 탕처럼 긴 머리를 하고 있었지만, 2020년에 입법위원 재선에 성공하면서 단발로 바꾸었습니다. 그는 아직 펜을 배우지는 못했지만, 열심히 일하는 입법위원이 되는 방법은 배웠습니다. 그는 공민감독국회연맹(대만의 옴부즈맨 단체)에서 지난 4년간 8차례의 회기 중 5번이나 우수 입법위원으로 선출되었습니다.

현재 대만 정부의 '열린 정부 워킹그룹'에서 오드리 탕은 행정원(내각)의 대표, 프레디 림은 입법원(국회)의 대표입니다. 젊은 시절의 우정이 함께 싸우는 전우의 열정이 되어 지금까지도 계속되고 있는 것입니다. 해커와 록 가수가 정부에서 일할 수 있는 대만은, 공무원들의 모습도 다양할 것이 분명합니다.

디지털 장관이 된 오드리 탕에 대해서 어떻게 생각하는지 가오지아량에게 물어보았습니다. "오드리 탕의 참여로 대만 정부의 업무 효율이 크게 오른다고 생각하는가?"라는 질문에 그는 웃으면서 대답했습니다.

"대폭? 그를 그렇게 신격화하지는 않아도 될 것 같습니다. (웃음) 대만 정부의 체제는 원래 효율이 좋았으니까요. 다만 부와 부 사이의 공조에는 좀 문제가 있었습니다. 확실히 이제는 좀 부 간 소통이 원활해지고, 외부와의 연락도 잘할 수 있게 된 듯하네요.

Au(오드리 탕의 닉네임)는 자신의 방법을 파는 것이 아니라, 자연스럽게 모두를 끌어당기는 사람입니다. IT 세계에서는 프로이며, 더 나은 해결책을 찾아줄 거란 주위의 기대를 사지요. 하지만 그는 원래 그런 타입이 아니었다고 생각합니다."

확실히 지금까지의 인생을 보면, 오드리 탕은 다른 사람의 기대에 부응하고자 행동하는 타입이 아니었습니다. 그보다는 자신이 하고 싶은 일을 하면서도, 자연스럽게 다른 사람을 끌어당기는 사람이었습니다.

EPISODE
5

성별을 뛰어넘은 사람들

성별은 양자택일 문제가 아니라 빈칸
채우기 문제이다. 오드리 탕의 성별은
오드리 탕일 뿐이다.

By. 대만 누리꾼

젠더퀴어와의 만남

일전에 페이스북에서 "당신 안 남성과 여성의 비율은 어느 정도?"라는 테스트가 유행했습니다. 두 아이가 있는 남성이 자신을 "100% 여성"이라고 정의하는가 하면, 한 여성은 아이를 둔 엄마지만 "100% 남성"이라고 말하기도 했습니다. 물론 이런 글에는 친구들의 농담 섞인 댓글이 달렸고, 금세 다른 글들에 파묻혀 사라졌습니다.

이제 성별 문제는 이렇듯 가볍고 재미있게 이야기할 수 있는 것이 되었습니다. 그러나 과거 어떤 사람들에게 성별 문제는 살아가는 한 벗어날 수 없는 어둠의 블랙홀이었습니다.

어느 해 프라이드 먼스Pride Month(매년 6월, 성적 다양성을 축복하고 성소수자들의 자긍심을 고취하는 기간) 기념 행사의 일환으로 진행된 온라인 대담에는, 세계적으로 저명한 작가 유발 하라리Yuval Noah Harari가 오드리 탕과 함께 자리해 각자가 청소년기에 겪었던 곤혹스러움을 진솔하게 이야기했습니다.

21세 때 자신이 동성애자임을 밝힌 하라리는 15세에 이미 자신이 여성이 아닌 남성에게 매력을 느낀다는 사실을 의식하고 있었습니다. 하지만 그것이 무엇을 의미하는지는 이해하지 못했습니다. 하라리는 이때를 되돌아볼 때마다 깊은 한숨이 나온다고 말합니다. 총명하다 자부하는 그에게조차, 자신을 스스로 이해하기란 지극히 어려운 일이었습니다.

오드리 탕 역시 성 정체성 문제로 힘들고 어려운 길을 걸어왔습니다.

"13~14세에 남성으로서 청소년기를 보냈지만, 제가 그렇게 남성적이라고는 자각하지 못했습니다. 나중에 안 것이지만, 저는 태어날 때부터 테스토스테론 수치가 굉장히 낮았던 모양입니다."

오드리 탕은 자신의 청소년기를 돌아보면, 인터넷이 막 보급되던 시기여서 그나마 다행이었다고 말합니다.

"이때 인터넷에서 젠더퀴어(전형적인 남성도 여성도 아닌 존재)인 사람들을 만났습니다. 세상에는 저와 비슷한 사람이 꽤 있다는 것을 알게 되었습니다. 확률로 따지면 대략 100분의 1에서 1000분의 1 정도로, 전 세계에는 수백만 명의 젠더퀴어가 있다는 계산이 나옵니다."

트렌스젠더 시인 리 모코베Lee Mokobe는 TED 강연에서 다음과 같은 자작시를 소개한 적이 있습니다.

I was the mystery of an anatomy, a question asked but not answered

나는 해부학적 수수께끼, 풀리지 않는 질문

No one ever thinks of us as human because we are more ghost

than flesh

아무도 우리를 사람으로 생각하지 않네 맥박 치는 육체보다 망
령에 가까우니

이 짧은 시구 속에는 말로는 다할 수 없는 모코베의 삶이 담
겨 있습니다.

오드리 탕은 청소년기에 심리학의 거장 칼 구스타브 융_{Carl}
Gustav Jung의 자서전을 읽었습니다. 융은 인간은 무의식적으로 양
성 구유의 성향을 갖는다고 주장했습니다. 오드리 탕은 이 무렵
에 자신이 편집한 《구사姤思(구의 사상)》를 발행했습니다. 자작 산
문과 소설, 시, 《융 자서전》에 대한 서평을 비롯해 그의 독서, 사
고, 창조 에너지를 반영한 개인 잡지였습니다.

여기에서 '구姤'는 《역경》에 나오는 육십사괘 중 한 괘로서, 강
剛과 유柔가 만난다는 의미입니다. '구사'라는 제목 자체가 소년 시
절의 오드리 탕이 갖고 있는 여성적인 기질의 토로라고 하는 사
람도 있습니다.

당시 오드리 탕은 '톈펑天風'이라는 필명으로 시를 쓰고 있었습
니다. 《역경》에서는 하늘과 바람이 합쳐지면 '구姤'를 이룬다고 하
며, 구姤에는 "后以施命誥四方(후이시명고사방, 군주의 명을 사방에
알린다)", 즉 "새로운 생각이 들었을 때는 혼자서 완성하는 것이
아니라, 모두 함께 완성해야 한다"란 의미도 있습니다.

"많은 사람을 위해서 무언가를 하면, 많은 사람의 도움을 받게 됩니다. 이것이 제가 어릴 때부터 계속해서 해오던 일입니다." 오드리 탕은 청소년 때부터 자신을 이해하고 있었지만, 그가 속한 사회는 아직 그러한 문제에 직면할 준비가 되어 있지 않았습니다. 이를 알고 있던 오드리 탕은 때가 무르익기를 기다렸습니다.

그 이후는 잘 알려진 것과 같습니다. 《구사》 출간 10년 후, 오드리 탕은 성별의 경계를 넘기로 결심했습니다. 가슴 털을 제거하고 보톡스 주사를 맞았으며, 성전환 수술을 받았습니다. 그렇게 여성이 된 24세부터 제2의 청춘이 시작되었습니다. 중국어 이름을 탕쭝한唐宗漢에서 탕펑唐鳳으로 변경했고, 영어 이름도 Autrijus에서 Audrey로 변경했습니다. 2005년 말의 일입니다.

성전환을 결심하기 전에 오드리 탕은 가족과 친구들에게 의견을 구했습니다. 다행히도 부모님은 "그래서 너의 삶이 더 행복해질 수 있다면, 응원한다."라며 화답했고, 친구들도 따뜻하게 지지해 주었습니다. 그 이후로 그는 자신이 트랜스젠더라는 것을 숨기고 있지 않습니다.

프라이드 먼스 행사 중 '여인미(Womany.net)'라는 웹사이트에서 오드리 탕은 '프라이드pride'라는 단어의 의미를 다음과 같이 해석했습니다.

"제가 겪은 일 중에서 남들과 다른 부분을 직소 퍼즐 한 조각으로 삼아 우리 사회에 덧붙임으로써 조금이라도 공헌하고 싶다고 생각해 왔습니다. 왜냐하면 많은 사람이 자신의 삶에서 남들과 다른 조각을 찾을 수 없기 때문입니다. 제 경험을 통해서 사회가 반성하고, 좀더 나아질 수 있도록 돕고 싶습니다.

제 인생에서 사회의 기대와 일치하지 않는 부분이 있대도 사회가 나쁜 것도, 제가 나쁜 것도 아니란 사실을 알고 있습니다. 이 사회가 본래부터 매우 다양한 요소로 구성되었기 때문에 자연히 다양한 가치관이 생겨난다는 것, 그리고 세상의 진보라고 부르는 것을 위해서 어떤 가치관이 희생되어서는 안 된다는 것을, 모두가 마음 깊이 깨닫게 되기를 바랍니다."

하고 싶은 것을 하는 데 성별은 필요 없다

이것이 끊임없이 밝혀온 자신의 뜻이라고, 오드리 탕은 항상 말합니다. 2016년 대만 내각에 입각하면서도, 인사자료 성별 난에는 '무無'라고 기입했습니다.

"저는 그냥 제가 하고 싶은 일을 합니다. 그게 남자가 하는 일인지, 여자가 하는 일인지는 생각할 필요가 없습니다." 그런 오드리 탕은, 스스로 선택한 새로운 인생에서 약자에 대한 공감 능력이 더 강해졌다고 이야기합니다.

AFP 통신은 오드리 탕을 "젠더 정체성을 자산으로 가진 트랜스젠더 장관"이라고 소개했으며, 그가 LGBT의 권리를 위해서 목소리를 높였을 뿐 아니라 트랜스젠더 정치인이라는 입장에서 민주적인 거버넌스를 재정립하여 대만 민주주의를 양대 정당의 대립에서 다원적인 존재로 진화시켰다고 평가했습니다.

2019년 5월 17일. 그 흐름의 결실로 대만에서 동성결혼특별법이 통과된 순간, 입법원(국회) 앞에 평등한 권리를 지지하는 4만 명의 사람들이 모여서 환호성을 질렀습니다. 이렇게 대만은 아시아에서 최초로 동성혼을 법제화한 국가가 되었습니다.

대만에서 이러한 공통 인식이 자리 잡기까지는 긴 여정이 필요했습니다. 이원론적인 사회에서는 남자 같은 여자아이나 여자 같은 남자아이는 어느 쪽이든 잘못되었다고 여겨집니다. 이 점은 15세 소년 예용지葉永鋕의 죽음이 "편견이 사람을 죽인다"는 것을 널리 고발할 때까지, 대만 사회에서도 마찬가지였습니다.

2000년 4월 20일 오전, 중학교 3학년이었던 예용지는 학교 화장실에서 입과 코가 피범벅이 된 채로 발견되었습니다. 곧바로 병원으로 이송되었지만, 불행히도 다음 날 다시 돌아오지 못하는 사람이 되었습니다.

경찰 조사 결과, 예 소년은 내성적이고 어른스러운 성격으로, 이전부터 동급생들에게 괴롭힘을 당한 것으로 드러났습니다. 소년의 어머니 천준루陳君汝에 따르면, 그는 어릴 때부터 잘 웃고 노래와 뜨개질, 요리를 좋아했다고 합니다. 하지만 그 때문에 중학교에 올라와서는 곧잘 "여자 같다"며 놀림을 받았습니다.

동급생들은 화장실에 들어가는 예 소년을 붙잡아선 억지로 바지를 벗기고 '신체 검사'를 빙자해 성추행을 일삼았습니다. 결국 쉬는 시간에는 화장실에 갈 수 없게 된 그는, 몇 분 일찍 수업을 빠져나와 교직원용 화장실을 사용하거나 했습니다.

한 학생이 화장실에 제대로 가지 못한다는 사실을 담임 교사는 알고 있었지만, 정작 어머니는 알지 못했습니다. "남자니까 강해야 한다"라고 말하는 어머니에게 예 소년이 학교에서 있던 일을 이야기하지 않게 되었기 때문입니다.

학교에서의 괴롭힘은 점점 다른 방향으로도 번져 예 소년에게 강제로 숙제를 시키는 학생도 생겨나기 시작했습니다. 소년은 분노를 느꼈지만, 거절할 용기도 없었습니다. 사망 이후 어머니는 방에서 아들이 구겨 버린 학교생활일지[31]를 발견했습니다. 거기에는 "선생님은 눈이 안 보이나요? 두 사람의 숙제가 같은 글씨체인 걸 모르시나요?"라고 적혀 있었습니다.

숨지기 한 달 전, 예 소년은 쪽지를 적어서 어머니에게 건넸습

---

31 대만에서 학교에서 있던 일을 일기처럼 적으면, 선생님이 이를 검사하고 답변해 주는 것입니다. -역주

니다. "학교에 가기 싫어요. 왕따를 당하고 있어요." 어머니는 곧장 학교에 전화했지만, 학교는 이를 무시했습니다.

사망 당일 예 소년은 가장 좋아했던 음악 수업이 끝나기 5분 전에 손을 들어서 화장실에 다녀오겠다고 말한 뒤 돌아오지 않았습니다.

조사 결과 소년은 화장실에서 교실로 돌아가려고 서두르는 바람에 물이 고인 바닥에 미끄러져 숨진 것으로 밝혀졌습니다. 하지만 문제를 조금 더 파고들면, 예 소년이 이 시간에 서둘러 화장실에 가야만 했던 것이야말로 진정한 원흉입니다.

이후 대만 각계에서는 이 사건을 크게 반성하고, 성 표현의 차이에 관계없이 아이들이 학교에서 평등하게 대우받도록 하기 위한 방법을 강구하기 시작했습니다.

핑둥屛東 지역 농가 출신인 예 소년의 어머니는 아들의 죽음을 슬퍼하며, "저는 아들을 구하지 못했습니다. 그러니 다른 아이들이라도 구하고자 합니다."라고 밝혔습니다. 그리고 LGBT 퍼레이드 등에 여러 번 참가해서 "두려워하지 말고 자신을 자신답게", "밝은 미래를 목표로 우리의 권리를 획득하자"라며 예 소년과 비슷한 아이들을 격려했습니다.

2007년 대만 교육부는 예용지의 이야기를 〈매괴소년玫瑰少年(장미 소년)〉이라는 다큐멘터리 영화로 제작해, 전국 학교에서 교육 자료로 활용했습니다. 2019년에는 대만 팝의 여왕 차이이린蔡

依林이 예 소년을 위해서 노래한 〈매괴소년Womxnly〉이 대만 최우수 악곡상을 받기도 했습니다.

오랜 기간 남녀동등권을 주장해온 차이이린은 시상식에서 "저도 언제인가 소수자가 될 수 있습니다. 예 소년이 이런 사실을 깨닫게 해주었습니다. 이 노래를 그와 그리고 자신에게 전혀 이런 일이 일어나지 않을 것이라고 생각하는 당신에게 바칩니다." 하고 떨리는 목소리로 소감을 밝혔습니다.

혼인婚姻에서 인姻을 빼다

높은 이상은 사람들의 마음을 움직입니다. 하지만 남녀동등권男女同等權 정신은 법률적으로 어떻게 구현될 수 있을까요?

남녀동등권은 성별 이원론의 배제에서 그치지 않습니다. 여기에는 고용과 승진에 있어서의 남녀 기회 균등, 임금 평등 등이 포함됩니다. 회사의 경우, 전통적으로 직급이 높아질수록 여성이 적어지는 경향을 보입니다. 여성에 대한 사회의 기대는 높다고 할 수 없으며, 집안일과 가족의 뒷바라지는 대개 여성이 부담하기 때문에 그것이 승진에도 영향을 미칩니다.

그래서 직장과 관련된 정책에서는 '성별영향평가Gender Impact Assessment, GIA[32]'를 도입하고 성에 따른 영향을 수치화하는 것이 중요합니다. 그러면 직장 내부에 성별에 따른 불평등이 존재하는지 확인할 수 있고, 어떤 대책을 시행했을 때 개선이 실제로 이루어지는지 알 수 있습니다. 또 이를 회사 성불평등 관련 정책의 기준으로 삼을 수 있습니다.

"젠더프리는 성별 불평등을 해소하는 계기가 됩니다. 사람들이 성별에 대한 고정 관념을 품지 않을 수 있다면, 집안일도 특정 성에 치우치는 것이 아니라, 가족 전원이 분담하게 될 것입니다." 오드리 탕은 이렇게 말합니다.

사람들의 심정을 반영하듯 2017년 5월 대만 사법원(우리나라의 헌법재판소)은 민법에서 동성 간 혼인의 자유와 평등의 권리를 보장하지 않는 것은 위헌에 해당하며, 관련 법률의 개정 및 제정을 2년 이내에 할 것을 입법기관에 요구하고, 동성혼의 권리 보장을 선언했습니다.

대만에서 '혼인婚姻'은 두 개의 글자로 표현됩니다. 혼婚은 두 사람의 개인을 맺고, 인姻은 두 가족을 맺습니다. 확실히 '인척'이

---

32 법령, 사업 등 정부 주요 정책을 수립·시행하는 과정에서, 성별의 차이가 차별이 되지 않도록 성별에 미치는 영향을 분석하고 정책 개선에 반영하여 남녀 모두가 평등하게 정책의 수혜를 받을 수 하는 제도(양성평등기본법 제15조)입니다. 우리나라의 경우 2005년에 도입되었습니다. -편집주

라는 법률상 친척관계는 '인'으로 맺어진 결과입니다. 따라서 '혼인'이란 두 사람과 두 가족이 결합된다는 의미입니다.

과거 대만에서는 혼인의 인姻만을 중시했습니다. 결혼은 양 집안이 하나가 되는 행사이므로, 반드시 식을 올리고 연회를 베풀어야 하며, 그래야 일생의 대사가 완성된다고 생각했습니다. 또한 법적으로도 혼인을 위해서는 결혼식을 공개하고, 2인 이상의 증인이 입회할 필요가 있다고 규정되었습니다. 만일 그러지 않으면 법률상 혼인 자체가 성립하지 않았습니다. 설령 쌍방이 호적사무소에 가서 배우자 등기를 하더라도, 공개 결혼식 없이는 그 혼인을 합법이라고 할 수 없었던 겁니다.

2008년이 되어서야 대만에서는 결혼 제도를 기존의 의식혼에서 등기혼(두 사람의 등기)으로 개정했습니다. 그리하여 결혼은 다시 단순하게 둘 사이의 문제가 되었습니다.

"동성혼이 법적으로 허용되기 전에는 공공정책 인터넷 참여 플랫폼 Join상에 많은 의견이 나왔습니다. 찬성과 반대 양쪽 모두 5,000명을 넘어서, 저희도 정부 각 기관과 교섭하고 양측 제안자들에게 상황을 설명했습니다.

이후 동성결혼특별법 제정을 위해서 여러 법률 전문가가 법을 검토한 끝에, 법의 정신에서 "결혼結婚은 결인結姻이 아니다"라는 결론이 도출되었습니다. 이에 따라 법조문은 '인姻'을 제외한 '혼婚'만으로 수정되었습니다. 그리하여 이 법률은 인척이 아니라 결혼에 관여하는 것이 되었습니다. 동성혼 법제화가 훌륭한 소셜 이노베이션을 일으킨 것입니다."

이렇게 오드리 탕은 동성혼의 법제화 작업이 어떻게 혼인의 평등을 지탱하는 활로를 열고, 대만이 법 개정의 마지막 이정표에 도달할 수 있었는지를 관찰자의 눈으로 이야기했습니다. 그는 비록 이 문제에 관해 직접적인 운동을 벌이지는 않았지만, 인터넷상에 찬성파와 반대파의 논쟁을 표면화하고 이를 심화시킴으로써 분명하게 일조했습니다.

사람은 누구나 기본적으로 '자기 자신'

트랜스젠더 커리사 샌본마츠Karissa Sanbonmatsu는 한 강연에서 이렇게 말했습니다.

"많은 사람이 모든 여성의 성염색체가 XX인 줄 알고 있죠. 하지만 현대 과학은 여성의 성염색체가 XX뿐만 아니라 X, XY, XXX가 혼합되어 있기도 하단 사실을 알고 있습니다. 사람의 눈동자에 여러 색이 있듯, 성별도 스펙트럼처럼 다양합니다."

그녀는 자신이 성전환했을 때의 쓰라린 경험도 털어놓았습니다.

"저는 내면의 저를 여자로 인식했으므로, 여성의 옷을 입고 다녔습니다. 하지만 아무리 노력해도 사람들은 저를 여장한 남자로밖에 보지 않았습니다. 과학자의 세계에서는 신뢰성이 전부입니다. 저는 모두가 복도에서 저를 몰래 비웃거나 저를 보며 혐오하는 표정을 지을까 봐 두려웠습니다.

성전환 후에 처음 했던 강연이 떠오르네요. 장소는 이탈리아였습니다. 그때까지 수많은 자리에서 강연해 왔지만, 당시는 무서워서 견딜 수 없었습니다. 청중 중에는 저에 대해 수근거리는 사람도, 억지 웃음을 짓는 사람도, 몰래 비웃는 사람도 있었습니다. 8년 전의 이 경험 이후로 저는 아직도 사회불안장애를 갖고 있습니다. 저는 희망을 잃었습니다."

샌본마츠의 목소리는 떨렸고, 표정에는 슬픔이 가득했습니다.

"우리 중 40%가 자살을 시도한 적이 있습니다."

• • • • •

마찬가지로 트랜스젠더가 되었지만, 오드리 탕은 커리사 샌본마츠보다는 운이 좋았습니다.

"저의 어머니는 원래부터 성별을 초월하신 분이었습니다. 어머니는 어릴 때부터 남자아이처럼 자랐기 때문입니다. 그래서 어머니를 보면 주디스 버틀러Judith Butler(미국의 철학자이자 젠더 이론가)가 생각납니다. 어머니에게는 특정 성별의 고정적인 인상이 없습니다. 할아버지도 그랬다고 들었습니다. 우리 가족은 이런 것을 특별하다고 생각하지 않았습니다."

오드리 탕에게 있어서 트랜스젠더는 남성과 여성의 세계를 동시에 이해한다는 의미입니다. 성별은 일종의 '퍼포먼스performance' 일 뿐입니다. 그는 "사람은 기본적으로 그 사람 자신이지, 특정 성별이 아닙니다. 성 표현은 마치 몸에 걸치는 옷처럼 어떤 성별을 표현하고 싶은지에 따라서 달라질 수 있는 것입니다."라고 말합니다.

오드리 탕은 무늬 없는 중성적인 옷을 선호합니다. 옷장에는 검은색, 흰색, 회색 옷이 많고, 매일 세탁을 하며 비슷한 차림으로 출근합니다. 자주 입는 브랜드는 이세이 미야케(일본의 디자이너 브랜드)입니다. 성별에 따른 아름다움이 아니라, 직물의 아름다움을 강조하는 스타일이 자신의 철학에 맞기 때문입니다.

"앞으로 성별은 필수 정보가 아닙니다. 사람들은 모두 자신의 정체성을 스스로 확립할 수 있고, 완전하게 자유롭고 안전한 삶을 영위할 수 있게 될 것입니다."

사람을 성별이 아닌, '그 사람'이라는 개인의 특질로써 인식하는 시대가 진정 도래하고 있는지도 모르겠습니다.

EPISODE
6
시빅해커에서
핵티비스트로

우리가 정보 가시화의 힘을 믿는다면,
그 힘으로 어둠을 이겨낼 수
있을 것입니다.

By. 양샤오젠(楊孝先)

인터넷으로 민주제도 이해하기

1996년 대만 최초로 민주적인 총통 직접선거가 실시되어, 여러 경쟁자를 꺾고 리덩후이 李登輝가 높은 득표수로 당선되었습니다. 국민당 정권이 1949년부터 38년간 유지했던 계엄령이 해제된 지 불과 10년 만에 민주적인 직선제가 실시된 것이었습니다. 대만 국민에게도 실로 경이로운 사건이었습니다.

현대에 이르러서는 더없이 번성해 있는 인터넷이 발달하기 시작한 것은 1980년경입니다. 미국에서 시작된 인터넷은 1990년대에 이르러 대만에 전파되었는데, 대만에서 민주주의와 인터넷이 만난 시점이 바로 이 총통선거 무렵이었습니다.

오드리 탕이 인터넷을 접한 것은 1993년과 1994년 사이였습니다. 그는 모두가 정보에 접근할 수 있는 자유로움에 반해서, 1995년 중학교를 떠나 인터넷 관련 사업을 시작했습니다. 이 시기에 진정한 의미로 인터넷의 매력에 푹 빠졌다고 합니다.

인터넷에는 어떠한 강제력도 없습니다. 통신사가 무리하게 인터넷 접속을 강요하고 있는 것도 아닙니다. 그런데 왜 전 세계 사람들은 스스로 인터넷에 접속하는 것일까요? 오드리 탕은 인터넷에서 여러 대화를 거듭하면서 상대의 견해를 존중하는 방법, 발언권을 가지는 것의 중요성 등을 이해했다고 합니다.

"인터넷은 현재 제가 정부에서 추구하고 있는 고도의 투명성이 이미 잘 확보되어 있는 공간입니다. 예를 들어 인터넷(커뮤니티)에 어떤 규칙이 있고, 그 규칙이 누군가에게 영향을 주고 있다고 해봅시다. 이때 이메일 주소만 갖고 있으면, 누구라도 '나는 이 규칙에 영향을 받고 있으므로 이에 대한 발언권이 꼭 필요하다'라고 주장할 수 있습니다. 이것이 인터넷(커뮤니티)의 기본적인 작동 방식이며, 제가 가장 잘 아는 정치 시스템입니다."

오드리 탕은 민주화 운동을 제대로 이해하기도 전에, 인터넷을 사용하면서 어떤 제한도 받지 않는 민주적인 과정과 모든 사람의 공평하고 자유로운 발언권 소유가 중요하다는 것을 알게 되었습니다. 돌이켜보면 14, 15세에 이미 이런 정치 시스템에 참여하고 있던 셈입니다.

그때부터 5년 후, 그는 현실에서 투표권을 얻었습니다(대만은 20세부터 투표권이 생깁니다). 하지만 오드리 탕에게 대의민주주의는 굉장히 원시적인 시스템처럼 보였습니다. 인터넷은 그의 성장기 전반에 걸쳐 마음 깊숙이 자리 잡은 기초적인 민주제도였고, 그 외의 민주제도는 알지 못했기 때문입니다.

물론 오드리 탕이 전통적인 대의민주주의를 완전히 부정하는 것은 아닙니다. 오히려 필요하다고 생각합니다. 그는 과학의 진보가 민주주의의 지속적인 성장을 돕는다고 믿습니다. 역사를 되돌아보면, 민주주의는 대부분 대의민주주의 아래에서 발달해 왔으며, 직접민주주의는 짧은 기간, 좁은 범위에서만 이루어졌습니다. 사실 이는 기술적인 문제 때문이었습니다.

이를테면 아테네의 아크로폴리스에서는 아무리 큰 소리로 소리친다고 해도, 소리를 들을 수 있는 것은 그 범위 안에 있는 사람뿐이었습니다. TV와 라디오가 발명되면서 한 사람의 정치인이 수백만 명의 사람들에게 말할 수 있게 되었지만, 반대로 수백만 명의 목소리를 정치인이 들을 수는 없었고, 또 수백만 명의 사람들도 서로의 의견을 들을 수 없었습니다.

하지만 오늘날은 인터넷의 발달 덕분에 인터넷의 투명성, 공정성, 자주성을 이해하기만 하면 모든 사람이 사물의 본질에 대해서 토론하고, 서로의 이해를 앞당길 수 있게 되었습니다. 정보 빅뱅이 일어난 현대에 이르러, 시민들은 사회를 바꾸기 위해 제안할 뿐 아니라, 실제로 사회를 바꿀 수도 있게 되었습니다. 사회 정의를 널리 설파하고, 인터넷 사회의 투명한 공개를 촉구하는 역할을 담당하는 전문가 집단, 핵티비스트Hacktivist(운동가 해커)가 등장한 것입니다.

핵티비스트 하면 빼놓을 수 없는 사람으로 애런 스와츠Aaron Swartz가 있습니다. 그는 오드리 탕이 매우 존경하는 프로그래머이기도 합니다. 1986년에 태어난 스와츠는 어릴 때부터 재능이 넘쳤으며, 컴퓨터 프로그래밍의 세계에 흠뻑 빠져 있었습니다. 그도 오드리 탕이 그랬듯 일찍이 학교를 벗어나 인터넷 기술로 시민 활동을 이끄는 데 힘썼습니다.

2008년 watchdog.net을 창업한 그는 정치인들의 정보를 정리하고 시각화했습니다. 정치를 '뭐가 뭔지 잘 모르겠는 모략과 선전'에서 '일반 사람들이 참여하여 발언할 수 있는 플랫폼'으로 바꿔낸 것입니다. 많은 사람이 정치를 더 잘 이해하고, 여러 이야기도 할 수 있게 되었습니다.

2010년에는 한 발 더 나아가 디맨드 프로그레스Demand Progress라는 회사를 창업했습니다. 이 회사는 인터넷에서 인권과 정치 개혁을 논의하는 그룹으로서, 정부에 여러 개혁을 제안하고 원활하게 실행할 것을 요구했습니다. 이외에도 스와츠는 온라인해적행위금지법SOAP[33]에 대한 반대 운동을 벌이는 등, 왕성히 활동하며 널리 이름을 떨쳤습니다. 그가 관련된 프로젝트는 셀 수 없이 많았으며, 그 목적은 오직 사회가 조금이라도 더 건전해지는 것이었습니다.

이렇듯 정보의 투명 공개를 줄곧 호소해 왔던 스와츠이지만, 2011년 타인의 계정을 사용해 유료 논문 자료를 대량으로 다운받았다는 혐의로 매사추세스주 법정에서 50년의 형량과 거액의 벌

---

33 '온라인 불법 복제 방지법'이라고도 불립니다. 불법 복제를 하는 해적 사이트를 완전하게 감시하고 검열할 수 있는 법이라서 논란이 되어 철회되었습니다. 정치적으로 마음에 들지 않는 사이트에 불법 게시물을 올리고, 이를 기반으로 사이트 전체를 폐쇄해버리는 등, 정치적 악용 가능성이 있다고 판단한 것입니다. -역주

금을 부과받았습니다. 2012년 9월 검찰측은 스와츠에게 "13개 연방법을 위반했다는 죄를 인정하면, 형량을 6개월로 줄여주겠다"란 거래를 제시했지만, 그는 변호사와 함께 이를 거부했습니다. 그리고 4개월 뒤에 스스로 목숨을 끊어서 26세의 짧은 생을 마감했습니다.

스와츠는 인터넷 기술로 생계를 유지한 적이 없으며, 대신 공평한 인터넷 사회를 만드는 데 주력했습니다. 정보를 철저하게 공개함으로써 많은 사람이 정치에 참여하고, 사회에 관심을 가지고, 인권을 회복할 수 있도록, 시민의식을 고취하고자 노력한 것입니다.

g0v, 영시정부의 탄생

오드리 탕은 정보의 창조적 운용 기술과 사회에 대한 높은 의식을 가진 사람이 곧 핵티비스트라고 생각했습니다. 스와츠 사후, 많은 이가 이 이념에 동참해서 핵티비스트가 되어 정부에 '정보의 투명한 공개'를 요구해야 한다고 주장했습니다. 이 파도는 대만까지 밀려와 2012년, 사회에 큰 파문을 일으켰습니다. 그것은 과연, 어떤 파도였을까요?

2012년 대만 총통선거에서 국민당의 마잉주馬英九 총통은 689만 표를 얻어 민진당의 차이잉원蔡英文 후보를 크게 누르고, 두 번째 임기를 이어가게 되었습니다. 국민당은 이와 동시에 입법원에서도 113석 중에 64석을 획득, 완전 과반을 차지해서 정치적 기반을 공고히 했습니다. 당시 92공식92 Consensus, 즉 "하나의 중국 아래에서 각자의 입장을 표명한다"라는 공통 이해관계 아래 중국 정부와 협력하고 있던 국민당은 대만 내에서 친중파로 간주되었습니다.

2008년부터 대만과 중국은 단계적으로 양안 간의 항공기 노선을 연장하거나, 대만이 중국 학생의 대만 대학 진학을 허용하면 중국도 대만으로의 관광을 단계적으로 개방하는 등, 밀월 관계에 접어들기 시작했습니다. 당시 대만은 한시라도 빠르게 경제를 재건해야 한다는 압박에 쫓기고 있었습니다. 대만 국민은 중국인 관광객과 중국 자본 투자 외에 무슨 정책으로 어떻게 경제를 살릴 것인지에 대한 설명을 정부에 요구했습니다.

2012년 10월에 마잉주 정부의 행정원은 '경제동능추승방안經濟動能推承方案'이라는 이름을 붙인 41초짜리 광고를 방영했습니다. 그런데 이 광고는 예상치 못하게 국민의 공분을 샀습니다. 광고에는 다양한 직업의 사람이 네 명 등장합니다. 농업인, 노동자, 사업가 등이 의문스러운 표정을 짓는 가운데, "경제동능추승법안이

뭔가요?"라는 자막이 나타납니다. 곧바로 "간단한 말로, 여러분이 알기 쉽게 설명하고 싶습니다만…"이라는 내레이션이 깔립니다.

문제는 여기부터입니다. 그러더니 "그런데 간단한 말로는 도저히 정부의 거대한 정책을 설명할 수가 없습니다. 경제 발전에는 완벽한 계획이 필요하고, 그래야 경제는 겨우 움직이기 시작하기 때문입니다."라면서 돌연 설명을 피해 버렸던 것입니다. 마지막에는 "현재 많은 정책이 긴급하게 실행되고 있습니다. 설명할 필요가 없다고 생각합니다. 우리 모두 바로 행동합시다! 경제를 움직입시다! 하면 알 수 있습니다!"란 대사로 허둥지둥 끝나고 말았습니다.

결국 이 광고는 정부의 경제 정책에 대해 아무것도 전하고 있지 않았습니다. 더구나 옛날부터 그래왔듯 노골적으로 '깔보는 시선'을 하고, 정책이라는 것은 평범한 국민이 이해할 수 있는 것이 아니다, 국민은 정부가 '사안에 진지하게 임하고 있다'는 것만 알면 된다는 태도로 일관했습니다.

광고에 나오는 네 인물은 전통적인 '사농공상士農工商'을 상징하는 것일지도 모릅니다. 국민은 정부가 하는 일을 그냥 보고만 있으면 된다는, 선입견으로 가득 찬 태도는 순식간에 인터넷에 불을 질렀습니다. 그리고 이 분노는 즉시 'g0v(영시정부)'라는 조직의 출범으로 이어졌습니다.

g0v는 정부의 정보 공개 촉구와 법안의 데이터 시각화에 힘썼으며, 이후 시민의 정치 참여를 이끄는 강력한 견인차가 되었습니다. 발기인인 가오지아량高嘉良은 이전에 언급했던 오드리 탕의 친구입니다. 그는 프리 소프트웨어 프로그래머로, 대만 중부에 있는 명문 고등학교인 타이중 시립 타이중 제1 고급중학교臺中市立臺中第一高級中等學校를 졸업했습니다. 이후 무시험으로 국립타이완대학 자신공정계資訊工程系(우리나라의 컴퓨터공학과)에 입학했으며, 졸업 이후에는 세계 각지의 프로그래밍 개발 포럼에서 활약했습니다.

　　가오지아량은 g0v의 발족 이유가 바로 그 광고에 대한 분노였다고 이야기합니다.

　　"정부가 하는 일은 어쨌든 복잡하다. 특히 경제와 관련된 부분은 국민이 그렇게 세세하게 알 필요가 없다. 정부를 믿어라. 우리는 바쁘니까 그냥 내버려둬라. 옆에서 귀찮게 하지 마라. 그런 말을 하는 것 같았습니다."

　　이후 이 광고는 유튜브에서 여러 차례 '이것은 사기'라고 주장했습니다. 그와 오드리 탕을 포함한 친구들은 정부의 정보 은폐를 비난하기보다 정면으로 감독하고 개혁을 촉구하는 편이 더 빠를 것이라고 생각했습니다. 가오지아량은 말합니다.

　　"우리는 정부에 이렇게 말하고 싶었습니다. '우리는 바보가 아니며, 정보를 충분히 이해할 수 있고, 당신들에게 힘이 될 수 있다. 우리 국민은 더 이상 정책을 만드는 과정에서 장외에 머물고 싶지 않다.'라고."

그래서 g0v의 첫 활동은 마잉주 정부의 예산을 시각화하기 위해서, 공개되어 있는 정보들을 정리하는 것이었습니다. 이 작업을 하면서 g0v 멤버들은 많은 대만 국민이 실은 국가의 공공 실무에 큰 관심을 갖고 있다는 것을 알게 되었습니다. 그들은 시큰둥하거나 무관심하지 않았습니다. 정보만 제대로 정리해 두면, 스스로 관심을 갖고 이를 이해하려고 했습니다. 이후 g0v는 여러 활동을 통해서 다른 인재들을 끌어들였으며, 잘 알려지지 않았던 정책과 법안을 쉽게 이해할 수 있는 형태로 가공해서 국민들이 확인할 수 있게 했습니다.

가오지아량은 각 정부기관의 웹사이트 주소가 모두 gov라는 점에 주목했습니다. 그리고 알파벳 'o'를 숫자 '0'으로 바꾸면, 사람들에게 생각지 못하게 친근감을 줄 수 있다고 생각했습니다. 이 '조금 더 진보적인 테스트 버전'의 정부 주소를 통해, 더 투명하고 직접적인 장을 만드는 것입니다. 이곳에서 정부가 이미 공개한 정보를 기반으로, 정부의 의도를 사람들이 잘 알 수 있게 그래프와 표 등으로 시각화해서 전달하기로 했습니다.

또한 '0'은 정부가 무엇을 하는지 처음부터 다시 생각하는 것을 의미합니다. 정보 빅뱅 시대 속 사람과 사람이 소통하는 새로운 모델이 구축되고 있는 가운데, 국민과 정부도 새로운 교환 모델을 가져야 한다고 생각한 것입니다.

g0v의 주요 활동으로는 2개월마다 이루어지는 '해커톤 hackathon'이 있습니다. 해커톤은 프로그래머, 그래픽 디자이너, 사용자 인터페이스 설계자, 프로젝트 매니저 등이 함께 모여서 집중적으로 협업하는 소프트웨어 행사입니다. 많은 인재가 이러한 해커톤을 기반으로 서서히 모이기 시작했습니다.

가오지아량은 g0v는 정식 조직이 아니며, 여러 그룹이 모인 커뮤니티로서 누구나 자신의 프로젝트를 제시할 수 있는 공간이라고 설명합니다. 이 프로젝트들은 다양한 사람을 매료시키고 있습니다. 2개월마다 열리는 해커톤에는 매회 100명 정도의 인원이 참여하며, 2,500명이 온라인 채팅방에 모여서 함께 브레인스토밍을 합니다. 2017년 조사 당시 참가자 구성은 개발자 35%, 디자이너 30%, 정부와 NGO 관련자가 20%, 기타 관련 업종 종사자가 15%였습니다. 각 분야의 달인들이 이곳에 모여 있었던 것입니다.

규칙이 없어도 효율적인 조직

g0v와 같은 '개방형 정부'라는 발상은 세계 각지에 있지만, 이

렇게 규모가 큰 경우는 아직 없습니다. g0v는 대만의 개방형 정부를 넘어서 세계적인 시빅해커 커뮤니티이기도 합니다. g0v에서는 다양한 실험들이 이루어지고, 정부가 어떤 정책을 시행하기 이전에 정책의 여러 모델들을 제시하기도 합니다. 만일 정부나 지자체가 어떤 프로그램 모델이 유용하다고 판단하면, 이를 별도의 비용 없이 인수하여 활용합니다.

정부의 예산안은 500페이지가 넘는 것이라, 지금까지는 해당 분야의 전문가가 아니라면 도저히 이해할 수 없었습니다. 하지만 g0v가 여러 동적 시각화로 예산 분배와 집행 상황을 보여주니, 전문가가 아니라도 쉽게 이해할 수 있게 되었습니다. 이러한 프로그램은 모두 소스코드가 공개되어 있으므로, 관련된 곳에서 자유롭게 사용할 수 있습니다. 정부 부회들도 이 소스코드를 가져가 자체 예산 작성에 활용합니다.

또한 각 예산 내역마다 커뮤니티와 같은 댓글 기능이 있어, 관심 있는 누리꾼들이 직접 문제 제기를 할 수도 있습니다. 정부가 이러한 문제를 집약해 관계 기관에 알리면, 각 기관은 반드시 일정 기간 내에 해당 사안에 답변해야만 합니다.

그동안은 정부가 일방적으로 정보를 제공했을 뿐으로, 국민은 이를 그저 받아들일 수밖에 없었습니다. 그러나 g0v의 모델은, 국민이 인터넷에서 정부에 의견을 제시하는 일을 가능케 했습니다. g0v에는 상하 계급이 없으며, 평등한 참여자만 있을 따름입니다.

g0v의 발기인 중 한 명인 쿠샤오웨이瞿筱葳는 과거 g0v를 다음과 같이 표현한 바 있습니다. "g0v는 규칙이 없어도 효율적인 조직입니다."

g0v는 이후 2년 동안 활발히 운영되다가, 돌연 굉장히 큰 현실의 문제에 직면했습니다. 해바라기 학생운동이, 이들의 최대 실전장이 된 것입니다.

해바라기 학생운동의 날

2014년 3월 18일. '양안서비스무역협정海峽兩岸服務貿易協議, CSSTA'이라는 법안이 입법원에서 강행 처리되었습니다. 이러한 강행 처리는 원외에서 항의하고 있던 100여 명의 학생과 사회운동가들의 강한 불만을 야기했습니다. 결국 학생 지도자인 린페이판林飛帆과 천웨이팅陳為廷이 이끄는 시위대가 입법원의 문을 열고 회의장으로 진입했습니다. 이들은 대만 최고의 입법기관인 입법원을, 24일이라는 장기간에 걸쳐 점거했습니다. 이것이 세계적으로 알려진 '해바라기 학생운동'입니다.

이 무역협정의 계기는 당시 마잉주 총통이 중국·대만 간 서비스 분야의 전면적인 교류를 계획하고 있던 것입니다. 결과적으로 마잉주 정부는 대만의 통신, 의료, 여행 등의 시장을 중국 자본에 조건부로 개방하고자 하였습니다. 이 법안이 강행 처리되기 전부터 중국과 대만 사이에는 상당한 협의가 있었고, 회담도 여러 차례 이루어졌습니다. 그 때문에 표면적으로는 큰 문제가 없었지만, 대만 정부가 중국에 경제적으로 너무 크게 의존하는 것이 아니냐며, 대만 국민 사이에서는 점차 불안감이 커지고 있었습니다.

대만 국민은 "달걀을 한 바구니에 담지 말라"는 속담을 들어, 대만 경제의 명맥을 한꺼번에 중국에 넘길 것이냐고 우려했습니다. 서비스무역협정의 심의가 시작되자, 실제로 협정 내용이 완전히 중국에 유리하다며 반대하는 목소리가 점점 커졌습니다. 협정이 강행되면, 불평등한 경제체제 아래 많은 산업이 중국에 삼켜질 가능성이 있었습니다. 많은 전문가가 국가 안보와 관련된 산업은 물론, 자유 민주주의에도 문제가 생길 수 있다며 차례로 경고하고 나섰습니다.

당초 여야는 2013년 9월 '조항별 심사'를 하기로 합의했습니다. 또한 항의가 거세지기 전에도 20회 이상의 공청회가 열렸으나, 대부분 이전에 법안 홍보에 사용된 내용뿐으로 시민들이 문제를 제기해도 논의가 진척되지 않고 서로 하고 싶은 말만 일방적으로 하는 상황이었습니다. 이런 실정임에도 국민당은 공청회 후 국민과의 커뮤니케이션은 다 완료했다고 확신하고 심의 일정을 짰습니다.

　3월 17일에는 입법원에서 여당인 국민당과 야당인 민진당이 격렬한 논쟁을 벌였습니다. 의석수에서 우세한 국민당이 의장석에서 서비스무역협정의 심의를 제안하고자 했지만, 민진당은 의원들을 동원해서 이를 방해했습니다. 양측 간 과격한 몸싸움이 벌어졌습니다.

　이런 가운데 당시 국민당의 입법위원이었던 장칭쭝張慶忠이 혼란을 틈타 의장석 마이크를 탈취해 도망쳤습니다. 그리고 회의장 구석에서 "이 법안은 3개월째 방치되어 있습니다. 이미 자동적으로 심사되었다고 간주해 심의를 개시하겠습니다."라고 통보했습니다. 그러더니 아예 약 30초 만에 스스로 '법안 성립'을 선언했습니다. 조항별 심사는 전혀 이루어지지 않았는데도, 법안이 '블랙박스' 상태 그대로 입법원을 통과하고 만 것입니다.

　하지만 원래 이 사건은 그저 당일 뉴스의 한 꼭지로만 다뤄질 뿐이었습니다. 많은 사람이 불만을 품었지만, 인터넷에 실망을 표현하는 것 외에는 할 수 있는 게 없었습니다. 이튿날인 3월 18일에는 학생과 사회운동가들이 입법원 밖에 집결하여 서비스무역협정 성립의 블랙박스화에 반대하는 시위를 시작했습니다.

　소득 없이 밤이 되자 흥분을 참지 못한 학생들은 입법원 정문을 통해서 회의장에 들어가려고 하다가 저지를 당했습니다. 거기서 일부 학생이 다른 길을 떠올렸습니다. '입법원 옆문은 경비원

수가 적으니 어쩌면 돌파할 수 있지 않을까?' 설마 이런 방법이 정말로 통할 줄은 몰랐던 학생과 사회운동가들이었지만, 이곳을 통해 차례로 진입에 성공했습니다. 옆문에 충분한 경비 인원을 배치하지 못했던 입법원은 이 흐름을 막을 수 없었습니다.

다른 학생들은 미리 마련한 사다리를 타고 입법원 2층으로 올라가기 시작했습니다. 결국 당국의 지원부대가 도착하기 전에 대다수 시위대가 입법원 내에 성공적으로 진입했습니다. 이들은 의장석에 올라 "의장석을 점거했다. 심의를 재개하겠다!"라고 선언했습니다.

해바라기 학생운동은 대만 근대사 최초로 소셜 네트워크 서비스SNS를 기반으로 사회 각 계층으로 빠르게 확산된 사회운동이었습니다. 대만의 전통적인 사회운동에서는 그때까지 전단지를 활용한 시위와 연설 등, '육군'식의 작전이 대부분이었습니다. 하지만 해바라기 학생운동은 처음부터 정보와 미디어를 이용한 '공군'식 작전으로 수행되었습니다. 학생들의 시위 모습이 TV와 인터넷을 통해 국민 한 사람 한 사람에게 알려지면서 더 많은 학생과 사회운동가를 끌어들인 것은 물론, 지원이 쏟아져 조직화·분업화에 이르렀습니다.

투명성을 향한 도전

당시 대만의 스마트폰은 대부분 3G 통신이었고, SNS를 통한 실시간 중계도 일반적이지 않았습니다. 그래서 초기에는 정보에 혼선이 생겨서, 당국이 입법원에 진입했다거나, 시위하던 학생이 체포되었다는 괴소문이 나돌아 좀처럼 혼란이 진정되지를 않았습니다.

오드리 탕과 g0v 멤버들은 이 상황을 지켜보며 한 가지 생각에 도달했습니다. 그것은 사람들의 '통신권'을 보장해야 한다는 것이었습니다. 일단 통신권이 보장되면, 유언비어는 그리 쉽게 확산되지 않습니다. 정보 공개가 많이 이루어지면 이루어질수록, 유언비어가 득세할 기회는 사라집니다.

'투명성transparency'이야말로 g0v가 이 운동을 통해 전 세계에 보여준 키워드입니다. '어떤 결과가 나오든 상관없이, 최소한 모든 사람에게 진실을 보여주겠다.' g0v 멤버들은 이런 신념을 갖고 시위에 참여했습니다.

말했듯이 당시에는 인터넷 실시간 중계 기술이 일반적이지 않았습니다. 처음 회의장에서의 항의와 충돌 양상은 대부분 방송 보도를 통해서 전국으로 전해졌습니다. 하지만 TV 중계는 방송 편성과 편집 등에 시간이 필요합니다. 당시 대만은 3G 시대였지만, TV 카메라맨은 항상 '4G 세트'라는 작은 가방을 들고 다니며, 위성 중계를 위한 신호를 확보하고 있었습니다. 하지만 설령 카메라맨이 4G 세트를 활용해서 중계해도, 일부 상황밖에 보여줄 수 없었을 것입니다.

시청자들 사이에서 조금씩 '정보 격차digital divide'가 생겨나고 있었습니다. g0v 멤버들은 머지않아 회의장 내부의 진실과 외부에 알려지는 정보 사이에 갭gap이 발생하리라고 예감했습니다. 이에 시위 첫날부터 g0v 멤버들은 구멍을 뚫기 시작했습니다. 정보 격차를 해결하기 위한 수단이었습니다. 멤버들은 면밀히 당번 스케줄을 짜 입법원 내부의 학생들과 연락을 취했으며, 기자재를 챙겨 현장에 들어가 외부와 통신했습니다.

당초 100여 명이 시작한 시위는 인터넷 중계와 TV 방송을 통해 더 많은 사람에게 알려지면서 점점 확대되기 시작했습니다. 19일 밤이 되자 입법원 앞에는 무려 1만 명이 넘는 시위대가 북적거렸습니다. 사람들은 한 학생이 샌들에 아이패드를 끼워서 회의장 내의 상황을 중계하는 모습에 놀랐습니다. 시위대는 중국어는 물론, 다국어 뉴스도 송출하여 전 세계 미디어에 이번 운동의 보도 자료를 제공했습니다.

20일에 접어들고 점거도 꼬박 72시간이 되어갈 때, 시위를 계속하기 위해서는 보급이 가장 중요하다고 생각한 g0v는 후방 지원과 물자 보급에 주력하기 시작했습니다. 그들은 구글 설문지(구글 폼)로 양식을 만들어 웹 게시판 PTT의 하단에 두고 시위 참가자들에게 무엇을 먹고 싶은지, 도시락과 물이 어느 정도 필요한지 등을 물었습니다.

시위 참가자가 이 표에 요청사항을 써넣으면 회의장 밖의 사람들이 곧장 실어 날랐습니다. 당시 회의장 밖에서는 시위가 장기화될 것을 대비해 수백 명의 시위대가 텐트와 침낭 등을 준비해두었으며, 전달받은 지원금과 물자를 곳곳의 임시 보관소에 비축하고 있었습니다.

그 무렵 g0v의 멤버들은 통신량 증가로 인해 네트워크 대역폭이 부족해지고 있다는 사실을 알아차렸습니다. 그래서 회의장 근처에 안테나를 설치하고, WiMAX 신호를 회의장 내부로 송출해 통신이 원활하게 이루어질 수 있게 도왔습니다.

당시 상황은 실제로 매우 급박해 가히 패닉 상태였습니다. 수시로 경찰이 진입한다는 유언비어가 나돌아 경찰차가 입법원 주변에 등장할 때마다 입법원 밖 시위대를 술렁이게 했습니다.

대만의 행정제도상 입법원 내 경찰 병력 지휘 권한은 입법원장에게 있습니다. 따라서 당시 입법원장이던 왕진핑王金平이 어떤 생각을 하고 있는지가 굉장히 중요했습니다. 왕진핑은 20일 학생들의 호소를 잘 들었으며, 폭력적인 수단으로 학생들을 제압하지 않겠다고 약속했습니다. 이러한 회의장 내 모든 사건은 끊임없이 중계되어, 비록 그 자리에 없더라도 바깥의 모두가 중계를 통해

최신 상황을 바로바로 파악할 수 있는 여건이 만들어져 있었습니다.

이 중계가 화제가 되자 주목도는 더욱 높아졌고, 타이완 섬을 넘어 세계 각국 인터넷에 퍼지게 되었습니다. 그 결과 21일에 다시 대역이 부족해지는 사태가 벌어졌습니다. 대응에 나선 오드리 탕과 g0v 멤버들은 애초 입법원 주변에는 좋은 기지국이 전혀 없다는 사실을 발견했습니다. 이에 그들은 USB와 네트워크를 연결하는 20개 이상의 커넥터를 회의장에 반입하여, 과거 방식대로 PC끼리 연결한 뒤 구글 문서로 토폴로지 맵[34]을 작성해 구역 내의 네트워크 양을 조금씩 늘려갔습니다.

22일, 회의장 안팎에서 긴장이 계속되는 가운데, 학생 지도자들은 마잉주 총통과 직접 대화하게 해 달라고 요구했습니다. 하지만 총통은 이에 응하지 않았습니다. 시위 5일차에는 처음으로 시위대의 정신 상태가 임계점을 넘어섰습니다. 학생과 사회운동가들은 마잉주 총통이 모든 통치의 정당성을 잃었다고 비판하기 시작했습니다.

---

34 IT 자원의 물리적·논리적 구성을 직관적으로 볼 수 있는 지도입니다. –역주

정보 격차를 해소하라

한편 당시 행정원장이던 지앙이화江宜樺는 22일 학생 지도자들과 대화하기로 결정했습니다. 이에 린페이판이 입법원 밖에서 지앙이화와 일대일 대화를 가졌습니다. 지앙이화는 무역협정은 되돌릴 수 없다는 입장을 고수하면서, 무역협정의 시행을 감독하는 시스템을 새로 법제화하자는 제안에도 반대했습니다. 결국 양측이 공감대를 형성하지 못한 채 협상은 결렬되었습니다.

이 어려운 와중에 우려했던 '정보 격차'가 생겨나기 시작했습니다. 경찰이 회의장에 들어가 학생을 체포했다는 가짜 소문이 돌면서, 회의장 밖 시위대의 분노가 극에 달했습니다. 이에 린페이판이 회의장 내에서 특별한 문제가 일어나지 않고 있다는 사실을 구태여 설명해야 했습니다. 오드리 탕과 g0v 멤버들은 이러한 정보 격차를 해결하려면, 회의장 내의 상황을 알릴 수 있는 더 많은 방법이 필요하다고 생각했습니다. 그래서 거대한 현수막을 설치하고 프로젝터로 화면을 띄워, 외부 시위대와 학생들이 인터넷의 제한을 받지 않고 내부 상황을 확인하도록 했습니다.

23일이 되고 마잉주 총통은 기자회견을 열어 다시 한번 서비스무역협정의 철회는 없을 것임을 밝혔습니다. 그러면서 학생 시위대가 입법원을 '불법 점거하고 있다'라고도 표현했습니다. 그러자 이 소식을 들은 회의장 밖 시위대의 불만이 폭발했습니다. 그들 중에는 입법원 내의 학생들이 더 적극적인 행동을 취하지 않으면, 이대로 기다리지 못하겠다는 사람도 나타나기 시작했습니다.

이후 시위대는 의외의 행동에 나섰습니다. 그날 밤 입법원에서 300m 떨어진 행정원에 진입한 것입니다. 행정원은 대만 최고 행정기관입니다. 당연히 경찰들이 배치되어 있었지만, 분노한 시위대는 이를 무시하고 창문을 부수고 행정원에 진입했습니다. 수많은 시위 참가자가 경찰과 격렬한 몸싸움을 벌였습니다.

결국 지앙이화 행정원장이 경찰에 의한 시위대의 완전 해산을 결단하고, 24일 5시까지 6회에 걸쳐서 시위 진압을 단행했습니다. 이 모든 장면은 TV와 인터넷을 통해 생중계되었으며, 대만 국민에게 큰 충격을 주었습니다.

한편 이 날 오드리 탕과 g0v 멤버들은 분산되어 있던 중계 채널을 정리하고, 정식으로 g0v.today라는 웹사이트를 개설했습니다. 그 후 이곳에는 대만의 정치 사안에 연관된 생중계가 올라왔습니다. 시위대 중에는 타자 속도가 120타를 넘는 사람들이 있었으므로,[35] 오드리 탕과 g0v 멤버는 이들을 위해 특별한 자막 채널

---

35 한국어 120타면 빠른 속도가 아니라고 생각할 수 있는데, 중국어는 120타면 굉장히 타자 속도가 빠른 편입니다(의미 전달을 꽤 많이 할 수 있습니다). -역주

도 만들어 주었습니다. 그들은 회의장 내부의 모습을 문자로 전달해서, 회의장 밖에서 지원하는 시위 참가자들이 문자로도 정보를 받을 수 있게 했습니다.

채널을 계속 확충하기 위해 오드리 탕과 g0v 멤버들은 추가 수단을 마련했습니다. 대만 통신사인 중화전신中華電信(우리나라의 KT 정도에 해당하는 회사)과 직접 계약하기로 한 것입니다. 이 업체는 통상 서비스 신청에만 3~5일이 소요되는 곳이었는데, 이례적으로 24일부터 곧장 설치 작업이 시작되었습니다. 오드리 탕은 훗날 이에 대해 "그들도 중계가 보고 싶었던 모양입니다."라고 웃으며 이야기했습니다.

24일에는 입법원에서 차단기가 내려가는 사고가 발생했습니다. g0v.hackpad.com 웹페이지도 다운되고 말아, 오드리 탕은 이날을 "해바라기 학생운동의 가장 어두운 하루"라고 평가했습니다. 이를 계기로 g0v 멤버들은 WiMAX에만 의존하는 것은 매우 위험한 일이라는 것을 깨달았습니다. 그래서 중화전신의 통신 장치 설치가 끝나는 시점을 감안해서, 회의장 주변에서 운용하던 네트워크들을 하나로 통합하여 투명성 유지에 힘썼습니다.

공민기자증 업로드

해바라기 학생운동 기간 중 입법원 회의장에 들어가기 위해서는 기자라는 신분 증명이 필요했습니다. 그건 신문기자의 이유 없는 특권처럼 보이기도 했습니다. 이전에도 입법원은 기자의 출입을 엄격하게 제한해서, 기자증이 없는 방송사나 신문사 기자가 회의장에 들어가려면, 일일 입장증을 따로 받아야 했습니다. 그랬기에 g0v 멤버들이 수시로 회의장을 출입하는 모습은 전통적인 미디어 기자들을 당황하게 만들었습니다.

그러나 대만은 이미 2011년 헌법을 개정해 시민 기자에게도 현장 취재를 할 수 있는 권리를 부여한 상태였습니다. 그런데 당시 대만에서 이러한 독립 미디어 기자의 존재는 잘 알려지지 않았고, 구세대 기자 중에는 이들이 자신들을 방해하러 왔다고 생각하는 사람도 있었습니다. 회의장은 시종 인파로 붐볐기 때문에, 이런 기자들이 회의장에 출입함으로써 더 큰 혼란을 일으킬 수 있다고 생각한 것입니다. 덧붙이자면 그때만 해도 많은 사람이 시위가 오래가지 못하리라고 생각하고 있기도 했습니다.

그래서 오드리 탕과 g0v 멤버들은 '공민기자증(시민기자증)'을 만들었습니다. 증명사진을 업로드하기만 하면 기자증이 만들어지고, 이를 활용해서 회의장 안에 들어갈 수 있게 한 것입니다. 이 공민기자증 오른쪽에는 2011년 대만 사법원(우리나라의 헌법재판소)에서 나온 헌법 해석 원문이 적혀 있었습니다. 따라서 마음만 먹으면 누구든 이 기자증을 패용하고 언론 보도를 통해 사회 영향력을 발휘할 수 있었습니다. g0v 멤버들은 꼭 전통적인 미디어에 의존하지 않아도 된다는 생각을 갖고, 이때부터 스스로 독립 미디어가 되었습니다.

한편 학생 시위대 지도자인 린페이판과 천웨이팅 등은 27일 기자회견을 열었습니다. 기자회견에서 그들은 입법원 점거 시한 연장과 함께, 3월 30일 수십만 명 규모의 대형 시위를 총통부 앞에서 개최할 것임을 선언했습니다. 사태는 드디어 수습할 수 없는 지경이 되는 듯했습니다.

그런 가운데 입법원 밖에서는 산발적인 충돌도 계속 일어나고 있었습니다. 친중 성향의 정치단체가 찾아와 항의나 도발적인 행동을 하기 시작한 것입니다. 불의의 부상자가 발생하는 것을 막기 위해서, 오드리 탕과 g0v 멤버들은 여러 프로그래밍 단체와 협력해서 28일에 입법원 내부의 카메라 수를 늘리고, 여러 각도에서 현장을 촬영하게 했습니다. 무슨 일이 벌어져도 누군가 반드시 볼 수 있게 예비한 것입니다.

참고로 g0v 멤버들은 회의장 내 인터넷 중계만을 지원한 것이 아니었습니다. 이들은 서비스무역협정을 지지하고 해바라기 학생 운동에 반대하는 사람들까지 도왔습니다. 29일 g0v는 '백색정의

연맹白色正義連盟'이라는 단체로부터 서비스무역협정을 지지하는 시위를 열 것이니, 중계를 지원해 달라는 요청을 받았습니다. 오드리 탕은 이때를 이렇게 회상합니다.

"우리는 그 자리에도 중계팀을 보냈습니다. 왜냐하면 우리는 중립이었기 때문입니다. 그들이 행동한다면, 우리는 그에 부응해야 한다고 생각했습니다."

'백색정의연맹'으로서는 첫 중계였습니다. 설령 입장은 다르더라도 투명한 공개를 가장 중요한 원칙으로 하는 g0v는 이들에게도 확실히 도움을 주기로 했습니다. g0v 멤버들은 그동안의 경험을 토대로 어떻게 중계를 해야 하는지 낱낱이 알려주었고, 템플릿을 공유하여 그들의 첫 중계를 지원했습니다.

3월 30일, g0v 멤버들은 해바라기 학생운동 중 최대 규모의 행진을 목격했습니다. 시위대는 기자회견에서 예고했던 대로 수십만 명을 동원하여, 총통부 앞에서 서비스무역협정을 반대하는 집회를 개최했습니다. 린페이판과 천웨이팅 두 사람은 입법원을 떠나서 시위 장소로 향했습니다.

g0v는 이 날의 시위 모습을 타이베이뿐 아니라 해바라기 학생운동에 관심 있는 대만과 전 세계 사람들에게 중계했습니다. 오드리 탕에 따르면, 당시 g0v는 "총통부 앞 넓은 사거리에 400m마다 대형 스크린을 설치해서, 콘서트 라이브처럼 영상을 촬영"했다고 합니다. 50만 명이 집회에 참여한 가운데, g0v는 대규모 인

터넷 중계를 성황리에 마쳤습니다.

학생들의 끈기가 승리하다

해바라기 학생운동의 에너지는 3월 30일에 절정에 이르렀습니다. 집회가 끝난 뒤 마잉주 총통은 시민들이 공개적으로 의견을 표명한 것, 시위가 평화롭게 끝난 것에 대해서 감사의 뜻을 전했습니다. 이 발언으로 시위대의 일체감은 고양되었지만, 정작 해바라기 학생운동은 향후 추진 방안을 둘러싸고 난관에 부딪혔습니다. 당시 시위는 2주일째 이어지고 있었으며, 참가자들의 체력과 정신력이 이미 한계에 다다르고 있었기 때문입니다.

또한 계절이 바뀌어 더워지기 시작했기 때문에, 고온다습한 기후에 어떻게 대처해야 하는지도 참가자들에게 있어서 새로운 난제가 되었습니다. 입법원 밖의 사람들도 점점 줄어들고 있었습니다. 오드리 탕과 g0v 멤버들은 어떻게 사람들의 동기부여를 유지할 수 있을지 모색했습니다.

고민한 끝에 내린 결론은 이전과 같았습니다. 보다 많은 사람들을 대상으로 인터넷을 통해 정보를 공개함으로써, 현장에 없는 사람들도 현장에 있는 것처럼 동질감을 느끼게 하자는 것이었습니다. 그것이 동기의 유지로 연결된다고 생각했던 겁니다.

수만 명의 인파가 몰린 입법원 일대는 이미 네트워크 속도가 너무 느려져서, 통신사들이 아무리 이동 유닛을 탑재한 차량을 투입해도 따라잡을 수 없는 수준에 이르렀습니다. 3월 31일에 오드리 탕과 g0v 멤버들은 '통행인通行人 해커톤'을 개최해서 이 문제를 해결하고, 4월 2일에는 모든 접속자(통행인)가 공평하게 네트워크를 사용할 수 있게 했습니다.

한편 3월 18일 해바라기 학생운동이 시작된 이후, 많은 고급 중학교와 대학은 입법원 근처로 교단을 옮겨 현장 학습을 진행하고 있었습니다. 선생님들은 길 위에서 학생들에게 사회학, 철학, 논리변증 등의 과목을 가르쳤습니다. 설령 다른 학교에서 왔더라도 학생들은 자기가 원하는 만큼 여러 학교의 강의를 들을 수 있었습니다. 이는 해바라기 학생운동이 교육적인 의미도 갖고 있음을 보여주는 것이었습니다. g0v는 네트워크를 시위 참가자뿐만 아니라, 이러한 선생님들도 사용할 수 있게 개방했습니다.

4월에 접어들자 해바라기 학생운동은 지구전 양상을 띠게 되었습니다. 시위대와 정부 양측은 버티기에 들어갔습니다. g0v는 서비스무역협정이 대만 사회에 어떤 영향을 미치는지 알리기 위해, 공식적으로 새로운 소프트웨어인 tisa.g0v.tw를 출시했습니다. 이 페이지에 대만의 기업등록번호 또는 영업등록번호를 입력하면, 접속자는 서비스무역협정이 자신에게 어떤 영향을 주는지를 확인할 수 있었습니다. 오드리 탕은 이에 대해 기존의 데이터를 사용자가 더 쉽게 이해할 수 있는 방법으로 제시한 것일 뿐이라고 설명했습니다.

모든 것을 드러내다

오드리 탕과 g0v는 '통행인 해커톤'을 이용해 4월 2일부터 근처에 있는 국립타이완대학 저널리즘연구소의 강의 포럼이 직접 취재한 스트레이트 뉴스[36]를 g0v의 중계 채널에 통합했으며, 근처에 온 사람들이 g0v.public에 접속하기만 하면 바로 시청할 수 있게 했습니다.

이번 항의 시위는 비단 서비스무역협정 문제에 그치지 않았으며, 많은 청년이 정부 법안에 대해 폭넓은 관심을 갖게 하는 좋은 계기가 되었습니다. 그래서 g0v 멤버들은 billab.io라는 웹페이지

---

36 특정 분야만을 다루는 뉴스를 스트레이트 뉴스라고 부릅니다(반대는 종합 뉴스).
    -역주

를 만들었습니다. 이 페이지의 간단한 인터페이스를 활용하면, 현재의 법률과 새로 제정된 법률, 아직 국회에 제출되지 않은 법률에 이르기까지 모든 법률을 쉽게 검색하고 열람할 수 있었습니다.

이 기능을 통해 많은 청년이 "정부는 지금부터 무엇을 하고자 하는가?", "새로운 법률과 법안이 대만 국민의 향후 이익에 어떤 영향을 미칠 것인가?"라는 정치적인 과제를 알게 되었습니다. 청년뿐 아니라 많은 사람이 이 플랫폼을 이용하고, 이미지를 캡처해서 인터넷 광고를 만들었으며, 이를 소셜 네트워크 서비스SNS에 올려서 효과적으로 확산시켰습니다.

4월 6일, 마침내 왕진핑 입법원장이 서비스무역협정의 법률을 심사하는 시스템을 만들기 전에는 이 협정을 심의하지 않겠다고 약속하여, 사실상의 심의 연장을 시사했습니다. 학생과 사회운동가들의 끈기가 결국 승리한 것입니다. 덧붙여 해바라기 학생운동이 종결되던 4월 10일 무렵에는 g0v의 영향을 받아 그 밖에도 정부 정책의 입안 과정을 소개하는 웹페이지가 다수 생겨나서, 정부 정책에 한층 더 관심을 갖게 된 청년들에게 도움이 되었습니다.

해바라기 학생운동은 그동안 대만의 사회운동에서 통용되던 항의 방식을 크게 바꾸었습니다. 과거에는 사회운동이나 시위라고 하면, 반드시라고 해도 좋을 정도로 항의자들이 현장을 찾아다니며 경찰이나 군인들과 몸싸움을 벌이는 것이 상례였습니다.

하지만 2010년대에 이르러 과학기술이 비약적으로 발전하고,

인터넷과 SNS가 발달하면서 많은 사람이 디지털 방식을 통해 정치에 참여하게 되었습니다. 2010년 '아랍의 봄'으로 대표되는 이 거대한 흐름이 아시아에도 상륙한 것입니다. 해바라기 학생운동의 24일간은, 대만 사람들이 스스로 현장에서 의견을 표명할 뿐 아니라 중계를 통해서 국민 개개인에게 사태의 최신 현황을 전달할 수 있는 시간이었습니다.

정보의 원활한 흐름과 투명성을 확보하는 것은 오드리 탕이 계속해서 강조해온 '인터넷의 중립성', 그 자체입니다. 문제와 관련된 모든 일을 드러냄으로써 충돌과 오해를 막을 수 있습니다. 이는 오드리 탕이 인터넷 운동에 투신한 최대 목적이기도 합니다. 그는 정치적 입장을 갖고 운동에 참여한 것이 아닙니다. "어떻게 서로가 서로를 잘 이해할 수 있을까?" 그 이상을 실현하기 위해 보다 적절한 기술의 활용 방안을 모색하고 있던 것뿐입니다.

실제로 해바라기 학생운동에서는 많은 정보가 확산된 덕에, 여러 가짜 뉴스의 난립을 막을 수 있었습니다. 또한 어떤 문제가 발생했을 때, 그 원인 역시 쉽게 알 수 있었습니다. 이는 투명한 정보 공개가 가져온 최대의 성과였습니다. 오드리 탕은 이때를 다음과 같이 회고합니다.

"해바라기 학생운동에서는 부상자가 거의 없었으며, 실종자는 아무도 없었습니다. 그것이 백분의 일이라도 우리가 했던 일들 때문이라면, 우리는 역할을 충분히 다했다고 생각합니다."

민주주의를 재정의한 사람들

해바라기 학생운동은 신세대 사회운동을 넘어, 대만 민주주의의 새로운 지평을 열었습니다. 대만의 젊은 세대가 중국과 관련된 정책에 큰 저항을 시도했을 뿐만 아니라, '민주주의의 재정의'에까지 관여한 것입니다. 이것은 그야말로 '사건'이었습니다.

서비스무역협정이 의회를 통과했다는 소식을 접하고, 많은 청년이 절망에 빠졌습니다. 당시 국민당은 집권당이었으며, 입법원에서도 다수당이었기 때문입니다. 1980년대부터 1990년대에 태어난 대만 사람들은 천수이볜 총통 치하에서 일견 평화로운 시대를 보냈지만, 이때는 한편으로 친중국파와 대만독립파의 다툼이 한창 벌어지던 시기이기도 했습니다.

그래서인지 이들은 정당들이 이념 대립에 빠지는 것을 꺼리는 경향이 강했습니다. 결국 이 세대는 정치와 멀어졌고, 사회 복지와 경제에 대한 관심도 잃었습니다. 어떤 정당이 집권하든 결국 정당의 이익만을 따지고, 국민에 대해서는 진지하게 생각하지 않는다는 것을 피부로 느꼈기 때문입니다.

해바라기 학생운동이 일어났을 때, 많은 청년이 "이렇게 많은 사람이 정치에 관심을 갖고 있는지 몰랐어요."라고 이야기했습니다. 그동안은 사회의 불공평함을 느끼면서도 그냥 묵묵하게 일하고, 정부의 결정을 그냥 무조건 따를 수밖에 없었습니다. 하지만 SNS의 확산력과 호소력은 순식간에 사람들을 강하게 묶었고, 청년들로 하여금 '일단 한번 현장에 가보자'고 생각하게 만들었습니다.

그렇게 3월 19일 입법원 앞 시위 현장에 수만 명의 청년이 모여들었습니다. 당시 국민당은 야당인 민진당이 청년들을 동원했다며 비판했지만, 이는 오해입니다. 당시 민진당의 세력으로 볼 때, 그만큼의 인원을 동원하는 것은 불가능했습니다. 만일 동원할 수 있었다고 해도 기껏해야 기존 독립파였던 구세대뿐이었을 것입니다.

이런 외침이 인터넷으로 연결되지 못했다면, 해바라기 학생운동은 결코 성공하지 못했을 것입니다. 운동 기간 동안 청년들 사이에서 유행한, "우리나라는 우리 손으로 구한다!"라는 힘찬 구호는 이미 운동 3일째부터 시위 현장 곳곳에서 울리고 있었습니다.

오드리 탕과 g0v 멤버들은 시빅해커 정신을 기반으로, 이 기간 동안 끊임없이 투명하게 정보를 공개했습니다. 동시에 대만 청년들에게 정치는 바꿀 수 있다는 사실을 알리고, 미래는 그들의 손에 있음을 상기시켰습니다. 인터넷 중계를 통해 당시 정치인과 관료들의 말을 전달하면서, 그동안 그들이 정치에 무관심했기 때문에 정부가 이렇게 자기 멋대로 일하게 된 것이고 그 책임은 모든 대만 국민에게 있음을 일깨워 주었습니다.

그러자 많은 청년이 해바라기 학생운동의 단상에 올라서 대만의 미래 청사진에 대해 논했습니다. 그리고 중국의 간섭으로 경제식민지가 되면, 대만 자체가 곧 중국에 잡아먹힐 날이 머지않았다고도 이야기했습니다.

이렇게 대만 청년들이 정치 참여를 시작한 결과, 2014년 말 지방선거에서 국민당은 역사적인 패배를 했으며, 마잉주 총통은 국민당 주석을 사임했습니다. 그리고 오랜 세월 국민당이 지배하던 수도 타이베이에서는 정치 초보였던 의사 출신 커웬쩌柯文哲가 무당파(민진당 추천)로 출마해, 높은 표 차이로 당선되었습니다. 그는 최초의 무당파 출신 타이베이 시장이 되었습니다.

커웬쩌는 고대 그리스의 철학자 플라톤을 인용해서 이렇게 말한 적이 있습니다. "스스로 통치하기를 거부할 때 그들이 받는 가장 큰 벌은, 자기보다 못한 자들에 의해서 통치당하는 것이다."

그는 당선 후 '민주, 자유, 다원, 개방'이라는 4가지 가치를 내세웠고, 대만 정치는 새로운 '투명성'의 막을 열었습니다. 그는 "정치는 그렇게 어렵지 않습니다. 그냥 양심만 되찾으면 되는 문제입니다."라고 지적하기도 했습니다.

해바라기 학생운동은 20~30대의 청년을 깨웠지만, 실제로는 모든 사람에게 자신의 힘으로 주변 사람과 사회에 영향을 줄 수 있다는 것을 알렸습니다. 이것이 정보가 가시화된 인터넷 사회가 대만에 준 새로운 자극이었습니다.

해바라기 학생운동은 최종적으로 정부와 학생들이 함께 대화하면서 차분하게 마무리되었습니다. 그러나 정부는 이 일련의 사건에서 큰 교훈을 얻었습니다. 민심이 표출되었을 때 빠르게 대화할 수 있는 방법이 있다면, 이런 대규모 사회운동을 피할 수 있으리란 것이었습니다.

대만 정부는 이듬해 "도로 대신 인터넷을 사용하자"라는 슬로건을 걸고, 미국 백악관 서명 사이트인 'We the People'을 모방해서 누구나 정책을 제안할 수 있는 플랫폼을 마련했습니다. 이것이 플라스틱 빨대 금지 법안으로 이어졌던 Join입니다.

· · · · ·

오드리 탕은 인도의 영웅 마하트마 간디Mahatma Gandhi의 3단계 이론을 신봉하고 있습니다.

첫 번째는 '사람들이 당신을 무시하는 단계'입니다. 새로운 것을 하려고 하면, 일반적으로 주변 사람들로부터 무시를 받습니다.

두 번째는 '사람들이 당신을 비웃는 단계'입니다. 무언가를 해도 의미가 없어서, 헛수고로 느끼게 되는 단계입니다.

마지막은 '사람들이 처음부터 그랬던 것처럼 느끼는 단계'입니다. 이미 그 변화가 사람들의 정신과 문화에 녹아 들어서, 생활을 바꾸는 단계입니다.

100년 전만 해도 여성은 투표권조차 갖지 못했습니다. 하지만 현재는 여성에게 투표권과 참정권이 있음은 물론, 더 나아가 한 국가의 수장이 되는 등, 여성의 정치 참여가 "처음부터 그랬던 것처럼" 자연스러운 일이 되었습니다. 대만은 2019년 아시아에서 최초로 동성혼을 허용한 국가가 되었지만, 미래 아시아 각국에서 동성혼은 자연스러운 일이 될지도 모릅니다.

대만의 민주제도도 마찬가지입니다. 과거 대만의 청년들은 국민당과 민진당의 격렬한 정쟁에 지친 나머지 국가에 실망하고 정치에 무관심해졌습니다. 그다음에는 냉소가 극심해진 탓에 정치에 관심을 갖는 청년을 비웃는 시대도 있었습니다. 하지만 현재는 청년들이 정치에 참여하고 국가에 관심을 보이는 것이 "처음부터 그랬던 것처럼" 당연한 일이 되었습니다. 2016년과 2020년 총통 선거에서 민진당 승리의 열쇠가 된 것은, 다름아닌 청년들이 던진 표였습니다.

정보 가시화가 사람들의 사고에 미친 영향은 이토록 중대했습니다. 2012년 한 정부 광고를 계기로 출범한 g0v는, 2014년 사회 운동으로 발전했으며, 2016년에는 민진당의 정권 탈환과 함께 오드리 탕의 디지털 장관 취임으로 이어졌습니다. 이후에도 대만은 이러한 흐름으로 계속 나아오고 있습니다. '시민이 국가에 제안하고, 국민으로서 정치에 참여하는 것'은 작금의 대만 사회에서 당연한 풍조가 되었습니다.

오드리 탕은 과거 인터뷰에서 사회의 건전성에 대해 "(정보 가시화에 의해서) 사회의 정당성이 높아지면 국민의 자주성도 높아지고, 사람들의 시민 자유도도 높아져, 보다 건전한 사회가 만들어진다."라고 이야기했습니다. 다시 말해 민주주의 사회에서 정당성은 바로 정보 가시화에 의해 만들어지는 것이며, 그것이 곧 시민의 자주성을 높이는 길입니다.

오드리 탕이 높이 평가하는 말이 있습니다. 바로 대만 과학기술의 선구자로 미국 조지워싱턴대학 컴퓨터연구소에서 오랫동안 인터넷 중립성과 관련된 입법을 추진한 양샤오젠楊孝先의 말입니다.

"정보 가시화의 힘을 믿는다면, 그 힘으로 어둠을 이겨낼 수 있을 것입니다."

하지만 오드리 탕이 추구하는 정보 가시화는, 말로써만 이루어지는 것은 아닙니다.

"대만과 중국은 같은 한자를 쓰지만, 그 의미와 쓰임새가 조금씩 다릅니다. '투명透明'을 예로 들어볼까요? 이 단어는 대만에서는 '정부가 국민에 대해 투명한가?'라는 의미로 사용되지만, 중국에서는 '국민이 정부에 대해 투명한가?'로 사용됩니다. 이러한 단어를 토론에서 사용할 때는 같은 말이라도 괄호를 써서 더 심층적인 의미를 전달해 줘야 한다고 생각합니다.

디지털도 그렇습니다. 디지털 기술을 운용할 때는 반드시 그 배후에 어떤 철학과 가치관이 존재합니다. 대만 사회는 자유로우며, 국민 한 사람 한 사람의 결정 능력이 높습니다. 따라서 사회가 굉장히 건전합니다. 디지털 기술이 올바른 방향으로 운용된다면, 더욱더 건전한 사회를 창조할 수 있는 겁니다. 그에 비해, 중국의 디지털 사회는 과연 건전하다고 할 수 있나요?

　대만과 중국 간에는 마치 두 판plate이 부딪쳐 겹쳐질 때 발생하는, 지진과 같은 흔들림과 삐걱거림이 끊임없이 생겨납니다. 하지만 그동안의 여러 경험에 힘입어, 대만 국민은 이미 이런 흔들림에 대한 심리적인 내성을 충분히 쌓아가고 있습니다."

디지털 장관의 우아한 시

어느 날 한 해외 미디어가 "디지털 장관은 어떤 일을 합니까?"라고 묻자, 오드리 탕은 직접 쓴 기도시를 영어로 선보이며 일의 내용을 우아하게 설명했습니다.

When we see the Internet of things, let's make it an Internet of beings.

우리가 IoT(사물 인터넷)를 본다면, IoB(살아 있는 것의 인터넷)로 만들자.

When we see virtual reality, let's make it a shared reality.

우리가 가상현실을 본다면, 공유 현실로 만들자.

When we see machine learning, let's make it collaborative learning.

우리가 기계 학습을 본다면, 협업 학습으로 만들자.

When we see user experience, let's make it about human experience.

우리가 사용자 경험을 본다면, 인간 경험으로 만들자.

Whenever we hear the singularity is near, let us always remember the plurality is here.

특이점이 다가오는 발소리를 들을 때마다, 다원성이 여기 있음을 항상 기억하자.

실은, 이것이야말로 그가 바라보고 있는 기술의 미래입니다. 천재성을 타고난 오드리 탕은 어릴 때부터 미래를 공상하는 것을 좋아했을까요? 과연 그의 눈에는 미래가 보였던 것일까요?

오드리 탕은 웃으면서 자신은 SF 소설을 매우 좋아하며, 어릴 때부터 아이작 아시모프Issac Asimov의 책을 즐겨 읽었고, 최근에는 테드 창Ted Chiang의 작품을 읽는다고 답했습니다. 하지만 SF를 좋아한다고 해도, 그는 지금 이 시대를 사는 것을 택하고, 오늘 하루를 생각하며 살아가고 있을 뿐인 한 사람입니다.

그는 미래에 어떤 변화가 일어나기를 바란다면, 지금부터 조금씩이라도 변화를 일으켜야 한다고 생각합니다. 이는 오늘의 변화를 시도하지 않으면, 내일도 아무것도 바뀌지 않을 것이라는 의미입니다.

오드리 탕은 SF 소설가 윌리엄 깁슨William Gibson의 명언 "미래는 이미 와 있다. 단지 널리 퍼져 있지 않을 뿐이다The future is already here — it's just not evenly distributed."를 즐겨 인용합니다.

이 말은 깁슨이 1980년대에 가상현실VR, Virtual Reality 장비를 처음 시연해 보았을 때 나온 말입니다. 당시 가상현실은 아직 여명기로, VR 장비라 해도 사용자의 상당수가 불과 5분 정도만 지나도 눈이 핑핑 돈다고 말하는 물건이었습니다. 게다가 매우 고가이기까지 해서, 일반적으로 대학 연구실에만 있었습니다. 가격면에서나 기술면에서 두루 미숙한 이 새로운 기술이 '널리 퍼지는' 것은 간단한 일이 아니었습니다.

하지만 기술은 일취월장했습니다. VR 장비는 이제 사용하기 한층 편해졌을 뿐 아니라, 가격도 저렴해졌습니다. 중요한 점은 기술이 대폭 발전해서, VR 장비를 착용하면 곧바로 그 자리에 있는 것 같은 생동감을 느낄 수 있게 되었다는 것입니다. 현재 가상현실은 게임을 넘어서 사람들의 일생생활 체험까지도 풍부하게 만들어주고 있습니다.

높은 공감력을 갖고 나아가는 것

가상현실의 가장 특이한 성질은 세대와 국경을 넘어 모두가 그곳에 있다는 '공감대'를 형성한다는 것입니다. 만약 가상현실 세계에 단 한 명만 있다면, 그것은 혼자만의 공상이 됩니다. 공유하고 현실로 끌어오지 못하면, 서로에 대한 이해와 존중을 쌓는 데 도움이 되지 않습니다.

어느 날 파리에 출장을 간 오드리 탕은 대만 공공텔레비전서비스협회의 의뢰로 VR 기술을 활용한 기자회견에 초청받아, 대만 학생 5명과 원격으로 대화를 나누었습니다. 그는 소학생 정도의 키를 가진 자신의 아바타를 만들어서 가상현실 세계에 등장했습니다. 이는 어린 아이 모습을 취함으로써 아이들과 눈을 맞추고, 압박감을 주지 않도록 하기 위함이었습니다. 36분간의 대화에서 오드리 탕은 교육, 정치, 디지털 기술, 트랜스젠더 등과 관련된 질문을 자유롭게 받았습니다. 대화는 굉장히 편안한 분위기 속에서 진행되었습니다.

가상현실은 '협동 학습'도 보다 친숙하게 바꾸어 놓았습니다. 학습자는 다양한 규모, 언어, 문화를 오가며 기존 수업 방식에 얽매이지 않고, 자유롭게 서로의 의견을 듣게 되었습니다. 많은 학생이 VR 수업을 통해서 공부에 더 집중할 수 있었습니다.

신종 코로나바이러스(코로나19)가 확산되면서, 세계 각국에서는 원격 수업이 많이 이루어졌습니다. 하지만 원격 수업은 많든 적든 각 가정의 컴퓨터 상황에 따라서 학생 간 격차를 만들었고, 이에 '원격 난민'이라는 말까지 등장했습니다. 각국에서 원격 수업을 실시하는 학교는 적지 않았지만, 많은 교사가 숙제나 시험, 평가를 어떤 방식으로 수행해야 되는지, 깊은 고민에 빠졌습니다. '어떻게 하면 원격 수업을 효과적으로 할 수 있는가'란 문제에 관해서는 현재도 시행착오가 계속되고 있습니다.

오드리 탕은 원격 방식의 효과를 높이려면, 우선 시간을 들여 '함께 같은 장소에 있다'는 감각을 만들어 낼 필요가 있다고 제안합니다. 그것은 곧 '동질성'을 확립하는 것입니다. 아이들은 성장

단계에서 다양한 것에 궁금증을 가지지만, 아직 정말로 좋아하는 것이 무엇인지 선택하지 못한 경우가 많습니다. 이러한 시기에 만약 계속 집 안에만 틀어박혀 있다면 세상과 단절되어 버릴 것이기에, 집단 내에서 함께 성장하는 과정이 반드시 필요합니다. 따라서 우리는 아이들에게 학교라는 공간에서 같은 교복을 입고 같은 급식을 먹게 합니다. 그러면 집단의 '동질성'은 자연스럽게 형성됩니다.

오드리 탕이 과거에 참여했던 해커톤 중에는 '가상 해커톤'도 여러 차례 있었습니다. 참가자들은 집에서 원격으로 참여했지만, 여러 방법을 통해서 '동질성'을 유지했습니다. 예를 들면 참가자가 모두 같은 피자를 주문하거나, 같은 물건을 사용하는 식이었습니다. 그럼으로써 비록 서로 다른 공간에 있더라도 가상의 동질성을 형성할 수 있었습니다. 반대로 이런 동질성을 의식적으로라도 만들지 않으면, 회의는 소원한 분위기가 되어 버리곤 했습니다.

원격 수업도 마찬가지입니다. 가정에서 원격으로 수업할지라도 "점심 때 같은 메뉴를 먹자"는 등의 간단한 약속을 하면 서로 감정이 통하게 됩니다. 물론 과목과 수업 방식은 모두 같지 않겠지만, 앞으로는 증강현실이나 가상현실, 2대의 대형 스크린 등 여러 방법의 조합을 구별해서 궁리할 수 있을 것입니다. 각 과목이 지식, 감정, 논의 중 어떤 것을 중시하는지에 따라서 교사가 이런 방법들을 다양하게 활용하면, 모두가 같은 공간에 있는 것 같은 느낌을 만드는 일이 가능합니다. 이것이 향후 원격 수업으로 실현 가능한 미래입니다.

1980년대 깁슨의 말로 다시 돌아가 봅시다. 당시 가상현실 기술이 출현한 것은 물론 놀라운 일이었지만, 그 후 가상현실이 희귀한 체험에서 벗어나 일상에서 활용 가능한 기술이 되기까지는 20년 이상이 걸렸습니다. 설령 미래를 향한 기술이 끊임없이 발명되더라도, 실제 사회에 적용하기 위해서는 결국 항상 테스트가 필요합니다. 기술을 인간 사회에 응용하려면, 사람들이 서로를 존중하는 '공감력'과 감정을 공유하는 '동질성'에 의존해야 하는 것입니다.

가상현실은 학습 이외에도 단순한 오락 목적으로, 세대를 초월한 경험을 하는 데 활용할 수 있습니다. 가령 오드리 탕의 할머니는 VR 헤드셋을 끼고 유럽의 풍경을 감상하며, 실제로 여행을 하는 것처럼 느꼈다고 합니다.

"고령자에게 터치펜으로 프로그램을 사용하라고 하면, 아마 어려워할 것입니다. 그렇지만 가상현실 기술을 사용하면, 현실 세계와 같은 감각을 느낄 수 있습니다. 그러면 추가로 무언가를 배울 필요가 딱히 없습니다." 즐길 수만 있다면 고령자라도 기술을 친근하게 느낄 수 있을 것이라고, 오드리 탕은 말합니다.

또한 오드리 탕은 얼마 전 대만 기술 산업계와 협력하여, 70~80세의 고령자에게 VR 고글을 착용하게 하고, 그들이 젊었을 때의 거리를 걷게 해보았습니다. 가상현실 내부에서 안내자가 되어서, 똑같이 VR 고글을 착용한 젊은이와 함께 시공을 넘어 청춘 시대로 돌아가게 한 것입니다. 그들은 연장자로서 그 시절의 거리를 해설하며 젊은이들에게 당시 세계를 안내했습니다.

가상현실 기술은 다른 연령대의 사람들이 현실을 공유할 수 있게 합니다. "젊은이가 노인에게 그의 젊은 시절을 물어도, 노인이 이를 자세하게 설명해 주는 것은 굉장히 어려운 일입니다. 이미 그 세계가 존재하지 않기 때문입니다." 오드리 탕은 말합니다. 하지만 가상현실에서는 모두가 그 시대로 돌아가 지나간 세계를 체험할 수 있습니다. 서로 간의 벽을 허물고, 보다 동등한 입장에서 맞닿아갈 수 있는 것입니다.

미래의 기술 발전은 계속해서 기대할 만합니다. 하지만 이는 기술을 인간에게 적응시키는 것이 전제이지, 인간이 기술에 적응하는 것이 결코 아닙니다. 가령 키보드와 터치펜을 비교해 봅시다. 나중에 발명된 터치펜 쪽이 기존에 인간이 오랜 세월 사용해 왔던, 펜으로 글을 쓰는 형식과 비슷합니다.

또 요즘 인기 있는 전기 자동차는 굉장히 조용하지만, 엔진 소리가 없어진 탓에 운전할 때 '현실 같지 않다'고 느껴질 때가 있었습니다. 인간은 오랫동안 소리에 의지해서 앞뒤 거리를 판단해 왔기 때문입니다. 그래서 현재 많은 전기 자동차가 운전 중에 녹음한 엔진 소리를 틀게 되었습니다. 기술을 인간의 감각기관이 가진 습관과 동기화하기 위해서입니다.

새로운 기술을 도입하고자 한다면, 사람들의 요구를 배제하고 선진기술을 택하는 것이 아니라, 겸허한 태도를 가져야 합니다. '이 기술을 사용하면 인간의 지금 습관에 어떤 도움을 줄 수 있는가?' 항상 그 점을 고민해야 스마트한 기술을 개발할 수 있습니다.

사람을 위한 인터넷을

인터넷의 정보량은 계속 증가하고 있으며, 우리는 매일같이 인터넷에서 새로운 정보를 받아들여 지적·오락적 목적을 만족시키고 있습니다. 다만 만일 계속 대량의 정보에 의존하게 된다면 인터넷 세계에서 '참여할 기회'가 점점 줄어들고, 단지 받아들이는 일이 많아질 것입니다. 그렇게 되면 한쪽 말만 일방적으로 듣는 것과 다를 바가 없어집니다.

"만약 최종적으로 인터넷을 라디오를 듣거나 TV를 시청하는데만 쓰게 된다면, 인터넷 본래의 기능과 의의가 전혀 발휘되지 않을 것입니다."

오드리 탕은 성숙한 인터넷 사용자라면 정보를 받아들일 뿐 아니라 새로운 콘텐츠를 만들어 내야만 하며, 업로드와 다운로드의 균형과 빈도를 유지하는 것이 중요하다고 말합니다.

지금은 사물 인터넷IoT의 시대이지만, 대량의 정보를 다운로드하는 것이 반드시 좋다고만은 할 수 없습니다. 자신이 필요한 정보를 검색하는 데서 그치지 말고, 이를 기반으로 자신의 스마트 네트워크를 경유해 무언가를 발표하고 인터넷에 공헌하는 일을 잊어서는 안 됩니다. 네트워크 사회에서 열정을 갖고 꾸준히 창작하는 과정을 통해, 비로소 사람들은 미래의 일부가 자신의 참여로써 만들어져 세계로 확산되어 갈 것임을 실감할 수 있습니다.

"미래 창조에 참여하면, 미래는 더 이상 예측할 수 없는 것이 아니게 됩니다." 오드리 탕은 인간이 수천 년 전부터 창작을 계속 이어오고 있는 것은, 두려움을 극복하고 미래를 보다 안정시키기 위해서라고 지적합니다.

"'이랬으면 하는' 미래를 내다보았다면, 먼저 자신을 '이랬으면 하는' 자신으로 바꾸는 겁니다." 그는 지금부터 비슷한 주장을 가진 친구들과 그룹을 만들고, 그 변화의 장단長短을 있는 그대로 사회에 알려서, 사회가 이노베이션을 낳는 기회로 삼고 싶다는 포부를 밝혔습니다.

특이점을 어떻게 맞이할 것인가

기술의 발전에 관한 논고에는 대개, 언젠가 인공지능이 인간의 지적 능력을 뛰어넘는 날이 온다고 쓰여 있습니다. 이것이 과학자들이 말하는 '기술적 특이점technological singularity'입니다. 그러나 미래의 인공지능은 사회의 주역이 아니라 어디까지나 보조적인 역할을 할 것이기에 인공지능은 영원히 인간의 지혜를 대체할 수 없으리라고, 오드리 탕은 생각하고 있습니다.

그는 동시에 기술적 특이점이 언제 도래하든, 당장 사람들이 안고 있는 문제가 많기 때문에 항상 기술과 인간의 사고력을 결합해서 대책을 찾아 나가야 한다고 강조합니다. 그 지점에 '다원성plurality'이 있기 때문입니다.

일례로 대만에서는 곳곳에 설치한 '에어박스(대기 오염 모니터링 장치)'로 공기를 분석해서, 미세먼지에 의한 대기 오염 지수를 실시간으로 모니터링하고 있습니다. 이 장치는 인공지능, 빅데이터 응용기술, 네트워크 통신기술을 결합한 소형 대기 모니터링 스테이션입니다. 사람들은 자신의 집에서 가장 가까운 에어박스를 확인하고, 라인LINE 챗봇을 통해 스마트폰으로 데이터를 전송받습니다. 그러면 그날의 대기가 깨끗한지, 운동을 나가도 괜찮은지 등을 바로 알 수 있습니다.

원래 에어박스는 학계에서 연구용으로 제작한 것이었습니다. 하지만 막상 장치가 설치되자 점차 화제가 되었고, 대만 정부도 관심을 갖고 예산을 편성해서 에어박스를 배치하기 시작했습니다. 뒤이어 시빅해커 커뮤니티인 g0v와 환경 분야 연구자들이 정보 네트워크 구축을 지원했고, 그 결과 현재 대만 전역에서 6,000 개 이상의 에어박스가 대기질을 24시간 모니터링하고 있습니다. 이것은 학계와 민간기업에 의한 혁신을 정부가 지원한 사례입니다.

"정부가 아직 시작하지 않은 일을 민간에서 먼저 시작할 수도 있습니다." 오드리 탕은 말합니다. '정치를 한다'고 하면 무슨 거창한 일을 하는 것처럼 들리지만, 사실 정치는 '사람들의 문제를 해결하는 것'을 의미합니다. 따라서 단순히 국지적인 일일지라도 그 지역을 사랑하는 친구들이 모여 함께 문제를 해결했다면, 훌륭하게 정치에 기여한 것이 됩니다.

지역 내에서 주민들이 세대와 문화의 차이를 넘어서 서로의 목소리에 귀를 기울이고 이해한다면, 공통의 가치를 발견하고 문제 해결을 위한 거버넌스(협의)를 실행할 수 있을 것입니다. 이렇게 성공 사례가 만들어지면, 이는 지방으로부터 중앙 정부로 피드백됩니다. 이것이 반복된다면 모두가 원하는 미래가 출현할 것입니다. 오드리 탕은 미래를 이렇게 그리고 있습니다.

기술이 가져오는 것은 민주화인가, 독재화인가

기술은 인간 사회를 보조하는 것이지만, 도를 넘으면 독재에 악용될지도 모른다고 걱정하는 사람도 있습니다.

이를테면 어떤 악의를 갖고 있는 국가가 얼굴 인식 시스템 등의 기술을 활용해서, 거리 곳곳에 감시 카메라를 설치하고 시민의 일거수일투족을 파악한 뒤, 그 데이터를 중앙 정부에 보내 분석할 수도 있습니다. 또한 신용평가 점수를 매기고, 신용이 낮은 사람은 아예 열차와 비행기 표 등을 구매하지 못하게 할 수도 있습니다. 개중에는 이렇게 하면 범죄가 예방될 것이라고 생각하는 사람도 있을지 모르지만, 대부분은 이런 '기술에 의한 감시'는 전체주의의 발로라며 우려합니다. 정말 고도의 기술도 악용될 수 있는 걸까요?

기술은 자신이 믿는 가치를 향해 나아가는 사람들을, 빠르고 완벽하게 지원하는 것입니다. 전체주의를 믿는 사람이라면, 분명 기술을 활용해서 완전한 감시를 하려 할 것입니다. 하지만 이런 극단적인 상황에 빠지지 않는다면, 기술 자체를 '선'이나 '악'으로 단정하는 것은 삼가야 한다고 오드리 탕은 생각합니다.

"역사적으로 여성에게 투표권이 없는 것을 모두가 '선'이라고 생각하던 때가 있었습니다. 또 특정 인종에게 투표권이 없는 것을 모두가 '선'이라고 생각하는 시대도 있었습니다. 하지만 현재의 우리에게는 어느 쪽도 있을 수 없는 일입니다."

기술은 사람들이 본래 믿고 있던 가치를 증폭empower시킵니다. 따라서 공공의 일을 처리할 때는 다양한 이해관계자가 개방적인 상황에 참여해서 논의하고 감독할 수 있는 시스템을 구축해야 합니다. 이렇게 하면 기술은 사회가 민주적인 가치를 찾는 것을 지원할 것입니다. 또한 이런 거버넌스 과정에서 얻은 신뢰할 만한 데이터를 근거로 정책을 입안하는 것이, 곧 민주사회를 발전시키는 열쇠가 됩니다.

"여러 명의 지혜를 모아 유익한 의견을 널리 흡수하는 동시에, 여러 객관적인 데이터를 활용해서 협의합니다. 그리고 데이터를 지속적으로 공유해서 공정성의 가치를 명확히 합니다. 그러면, 서서히 높은 소양과 강한 신뢰를 갖춘 사회가 만들어질 것입니다."

소학생 때 독일에서 1년 동안 살았던 오드리 탕은, 성인이 된 뒤에도 자주 비행기를 타고 여러 국제 회의에 참가합니다. 오드리 탕의 머릿속에는 어린 시절에 할머니와 이야기하던 대만어, 현재 자주 사용하는 중국어와 영어, 독일에서 배운 독일어와 프랑스어 등 5가지 언어의 데이터베이스가 들어 있습니다.

이러한 문화 횡단적인 체험으로 인해 오드리 탕은 모든 사람이 '세계 국가'의 일원이라는 사실을 깊이 깨달았습니다. 사람에게는 누구나 이 세상 어딘가 머무를 곳이 있습니다. 독자적인 '세계 좌표'를 가지고 있다면, 출신지의 문화나 국적에 따른 제한을 받을 필요가 없습니다.

"만약 한 사람 한 사람이 자주적으로 생각할 수 있다면, 이 사회에는 다양성이 생겨날 것이고, 하나의 의견으로만 무엇인가가 결정되는 일 없이 지속적인 검증을 거치게 될 것입니다. 그렇게 되면 사회에 새로운 충격이 발생했을 때, 그 영향이나 피해를 줄일 수 있습니다." 오드리 탕은 이야기합니다.

오드리 탕에게 있어서 광역 통신망은 인권이고, 민주주의는 신앙입니다. 그리고 네트워크는 그의 영혼이 머무는 곳입니다. 그는 매일매일 빠뜨리지 않고 명상을 하며, 명상을 할 때는 VR 헤드셋을 착용하고 가상현실 속의 우주를 부유한다고 합니다.

"VR 헤드셋은 저를 가상 세계의 국제 우주 정거장으로 데려다줍니다. 그곳에서 지구를 바라보면 국경은 보이지 않고, 그저 모두가 우주 속의 작고 연약한 존재처럼 느껴집니다. 그렇게 마음이 조용하게 가라앉으면, 스스로가 더 나은 사람이 된 것 같은 느낌을 받습니다."

이것이 그가 진정으로 보고 싶어 하는 미래일지도 모릅니다. 그것은 기술과 네트워크가 세상을 더욱 평화롭게, 더욱 행복하게 만든 풍경입니다.

Q&A

오드리 탕 소환:
오드리 탕에게 직접 묻다!

지금까지의 에피소드에 관련하여
더 알고 싶은 점이나 미래를
바꾸는 사고법, 무슨 일에도
꺾이지 않을 수 있는 비결 등을
오드리 탕 본인에게 직접
물어보았습니다.

Q   이번 신종 코로나바이러스 감염증 사태에서 조금이라도 좋은 점을 찾을 수 있다면, 어떤 부분이라고 생각하나요?

A   전 세계는 같은 배를 탄 동료입니다. 따라서 여러 해결책에 대한 발상을 모두가 함께 공유하고 있습니다. 세계인은 모두 같은 공기를 호흡하고, 같은 바이러스로 인해 병에 걸립니다. 이 바이러스 앞에서는 국경과 민족 모두 어떠한 의미가 없습니다.

이처럼 온 세상이 같은 운명으로 연결되어 있음을 많은 사람이 깊이 이해하게 되었다는 것. 이것이 조금이나마 좋은 점이라고 생각합니다.

Q   디지털 장관 임기 내에 직접 바꾸고 싶은 부분이 있다면 무엇인가요?

A   제 일은 스스로 변화를 일으키는 것이 아닙니다. 누군가가 어떤 변화를 만들었을 때, 그것이 디지털 전환DX이든, 지속가능한 이행sustainable transition이든 간에, 그 변화가 쉽게 퍼져가도록 지원하는 것입니다. 바꿔 말하면, 타인의 발상을 증폭empower하여 확산시키는 역할일 따름입니다.

모든 것은 변화하고, 변화한다는 사실만이 불변입니다. 이는 《역경》에 나오는 말입니다만, 저는 이와 같이 사회 각계의 사람들이 우리 모두가 현재 경험하고 있는 변화를 이해할 수 있게 돕고 싶습니다.

Q 사람들은 '천재라면 무엇이든 할 수 있을 것'으로 생각하는 경향이 있습니다. 오드리 탕 씨도 자타공인의 천재이지요. 그런 오드리 탕 씨가 해결하기 힘든 문제도 있나요?

A 저는 문제에 '완전히 진다'와 '지지 않는다'의 차이는, 시급히 해결하지 않으면 안 된다는 시간적 압박 속에서만 발생한다고 생각합니다.

어려움에 부닥쳤을 때에는, 그 문제를 조금씩 알아갈 필요가 있습니다. 오랜 시간 동안 알아갈 수 있다면, 문제에 쉽게 지지 않을 것입니다. 그 문제와 공생하는 방법을 찾을 수 있기 때문입니다.

Q 스스로의 감정을 어떻게 관리하나요?

A 긍정적인 감정과 부정적인 감정을 전부 마음속에 만든 별도의 공간에 넣고, 스스로 자세히 설명할 수 있을 때까지 가만히 내버려 둡니다. 과도하게 긍정적이거나 부정적인 감정 모두 시간을 갖고, 괴롭지도 즐겁지도 않은 정도가 될 때까지 더 자세하게 알아갑니다.

긍정적인 감정도 문제가 될 수 있습니다. 예를 들어 한 가지에 너무 열중하면, 다른 사람이 그것에 반대할 때 받아들이기 힘들어집니다. 일단 내가 무조건 옳다고 생각하면, 다른 사람의 의견을 배제하기 쉽습니다.

부정적인 감정에 대해서는, '정신적인 마사지' 차원에서 생각하려고 합니다. 만일 타인이 어떤 언행으로 저를 찔렀을 때 아픔이 느껴진다면, 이는 곧 마음속의 응어리가 아직 풀리지 않았다는 증거입니다. 예를 들어 가끔 제 이름을 거론하는 누리꾼의 글이나 의견 가운데, 컴퓨터를 부숴버리고 싶어지는 '글자'를 볼 때가 있습니다. 물론 정말 때려부수지는 않습니다. 컴퓨터는 비싸니까요.

그럴 때 제 방식은 아주 간단합니다. 들어본 적 없는 음악을 듣거나, 마셔본 적이 없는 차를 마시는 겁니다. 참고로 굉장히 쉽습니다. 두 종류의 찻잎을 물 한 컵에 넣고 조금 기다리기만 하면, 새로운 조합의 맛이 만들어집니다. 그리고 나서 기분이 좀 가라앉을 때까지 기다렸다가 그 글자들을 생각하며 차를 마시고, 들어본 적 없는 곡을 듣는 겁니다.

화가 나고, 분노의 감정이 마음속에 남아 있어도 자신이 즐겁다고 생각하는 일을 하면 감정이 전환됩니다. 그게 이 방법의 원리입니다. 그러고 나면 이후에 다시 같은 글자를 보더라도, '이건 우엉차에 민트를 섞어 마신 맛이다'라든지, '그 곡의 한 소절이야'라는 생각이 먼저 떠오르게 됩니다. 분노가 곧바로 유쾌한 기분으로 바뀌는 것입니다.

이러한 정신 마사지는 그냥 그날 충분한 수면을 취하는 것만으로도 효과가 있습니다. 잠에서 깨어나면 뇌에는 새로운 장기 기억이 만들어지고, 이후에는 다른 누군가가 저를 가리키며 그런 글을 써도 크게 불쾌하지 않게 됩니다.

이렇게 감정을 추스르고 나면, 글을 남긴 사람에게 사실에 입각한 대응을 할 수 있게 됩니다. 만약 글이 개인의 경험에서 나온 것이며, 일관된 입장을 취하고 있다면 그중 일부 내용만 선택해서 답변합니다. 그 외는 완전히 보지 않은 것으로 간주합니다.

일반적으로 이런 방법을 통해 누리꾼과 좋은 대화를 할 수 있습니다. 상황에 따라서는 제가 있는 사회창신실험중심(소셜 이노베이션 랩)에 초대해서, 함께 식사하거나 이야기를 나누기도 합니다.

About Episode 2: 신동

Ⓠ   어린 시절의 가정 교육에서 인생에 가장 큰 영향을 미친 것은 무엇이라고 생각하나요?

Ⓐ   아버지로부터는 어떤 권위도 믿지 말라고 배웠습니다. 어머니로부터는 개인적인 느낌이라도 글로 남기면, 다른 사람과 함께할 수 있는 공통의 감정이 생겨서 의미가 있다는 것을 배웠습니다.

Q 유치원과 소학교를 모두 아홉 군데나 다녔다는데, 이유가 무엇인가요?

A 매년 전학을 가면 방학 숙제를 안 해도 되니까요. (웃음)

학교는 모두를 같은 코스에서 경쟁시킵니다. 보통 고급중학교(고등학교)에서는 두세 가지 코스로 나뉘긴 합니다만, 그래도 언제나 가까운 사람과 자신을 비교할 수밖에 없습니다. 이런 학교에서는 학생들이 코스를 벗어나 더 높은 곳, 또는 다른 경치를 즐길 수 있는 곳으로 갈 수 없습니다. 이렇게 코스가 고정되어 있기 때문에, 늘 승자와 패자가 생겨나는 겁니다. 하지만 정작 사회에 나오면 언제나 이러한 승패에 의해서 사람들의 능력이 규정되지는 않음을 알게 됩니다.

유치원은 세 곳, 소학교는 여섯 곳을 돌아다녀서일까요? 저에게는 그런 코스가 만들어졌고, 또 주어진 것 같습니다. 누구나 마지막으로 가는 길은 정해진 코스가 아니라, 자신의 삶이 향하는 곳입니다. 그 길에는 산도, 계곡도 있을 수 있습니다. 어쩌면 꼬불꼬불 구부러져 있을지도 모르지요. 그래도 모두가 자신이 가는 길 위에서는 천부적인 재능을 가진 사람입니다.

누구나 남들과는 다릅니다. 모두가 똑같다는 것은 일종의 환상입니다. 저는 그 환상에서 그냥 빨리 깨어난 것뿐이라고 생각합니다.

（Q）　앞으로 교육이 어떤 방향으로 발전한다면, 어린 오드리 탕이 배우고 싶어 할 거라고 생각하나요?

（A）　현재 대만의 국·공·사립학교에서 이루어지고 있는 '교육 실험'과 민간 홈스쿨의 '실험 교육'은 벌써 여러 시너지 효과를 낳고 있습니다. 이제는 과거보다 더 자유로운 학습지도 요령과 학습방법이 다수 마련되어 있습니다. 일반 공립학교에도 어린 시절의 저처럼 일주일에 3일 정도만 학교를 다니는 학생이 드물지 않으며, 모두가 아무런 어려움 없이 지냅니다.

이외에도 수많은 홈스쿨링 단체가 준비한 다양한 프로그램이 있고, 어느 것을 선택하든 합법입니다. 법률의 뒷받침까지 받고 있기 때문에, 제가 어린 시절에 바랐던 변화는 이미 일어나고 있다고 말할 수 있습니다.

About Episode 3: 독학 소년

（Q）　집에서 독학한다는 것은, 혼자서 공부하는 것을 의미하나요?

（A）　어릴 적 제가 독학을 시작했을 때는 아직 위키피디아도 없던 시절이라 온라인에서 '프로젝트 구텐베르크'를 읽곤 했습니다. 모두 1차 세계대전 이전의 저작권이 만료된 고전이었고, 하나같

이 낙관적인 내용이었습니다. 사실 그때는 작품의 시대적인 배경은 이해하지 못했습니다. '왜 다윈은 여행을 떠났는지' 같은 것 말입니다.

저는 지식이라는 것은 글을 읽기만 해서는 습득할 수 없으며, 사람들과 함께 연구해서 그 지식이 만들어질 당시의 사상, 철학, 역사를 알 필요가 있다는 것을 깨달았습니다. 그래서 집 근처에 있는 대학으로 청강을 다녔습니다. 독학이라고 해도 그렇게 강의도 듣고, 친구들과 다 같이 토론도 했습니다. 거기서 '아 그렇구나!' 하고 생각한 뒤 다시 책으로 돌아가면, 알기 쉬워지곤 했습니다.

스스로 공부하는 것의 장점은 다른 사람에게 보이지 않는 것을 찾을 수 있다는 것입니다. 이것은 매우 중요합니다. 그러지 못하면 부화뇌동하게 될 수 있습니다. 누군가의 의견에 동조하기만 하면 자기 자신이 사라집니다. 그렇지만 누군가와 지식이나 관점을 공유하는 일도, 그 못지않게 중요하지요.

대학 수준이라면 학습의 중점은 어떤 분야를 공부하느냐가 아니라 미래에 어떤 문제를 해결하고 싶은가, 앞으로 어떤 길로 갈 것인가에 두어야 합니다. 하늘에는 이미 이름이 붙어 있는 별자리가 많이 있습니다. 하지만 앞으로 어느 방향으로 갈지를 생각해 보면, 옆에 있는 모든 별이 재료가 됩니다. 그걸 연결하면 우주에서 유일무이한, 자기만의 별자리가 되는 거지요.

Q 앞으로의 실험 교육에서 실험해 보고 싶은 것이 있나요?

A 저로서는 실험 교육을 향후 고등 교육까지 확대한다면 재미있을 것이라고 생각합니다. 지금은 문화나 공간, 세대를 횡단한 학습 모델이 존재합니다. 가령 미네르바대학[37]처럼 여러 도시에 캠퍼스를 둔 실험 대학에서는 특정 연령의 학생을 모집하는 것이 아니라, 같은 연구 주제에 흥미를 가진 사람들을 공동의 배움터로 불러모으고 있습니다. 그곳에서는 나이차가 30부터 50세에 이르는 청년과 고령자가 동등한 반 친구가 되어 함께 연구에 매진하고 있습니다.

Q 새로운 것을 배우는 비결이 있다면 무엇일까요?

A '새로운 습관 만들기'를 습관으로 만드는 것입니다. 예를 들어 외국어의 경우, 배우는 언어의 종류가 많을수록 요령만 생기면 배우기 쉬워집니다. 의식적으로 새로운 습관을 만들 수 있으면, 이런 일도 점점 잘되어 가게 됩니다.

---

37 미네르바대학은 모든 수업을 온라인으로 진행합니다. 1학년 때는 샌프란시스코의 대학 본부에서 지내게 되고, 이후 6개월마다 전 세계의 캠퍼스를 이동하면서 수업을 진행합니다(참고로 서울에도 캠퍼스가 있습니다). 입학 시 SAT나 ACT 등의 시험으로 학생을 평가하지 않고, 자체적으로 평가합니다. 학비는 1년에 3,300만 원 정도로, 미국의 여타 유명 사립대학의 절반 수준입니다. 우리나라에서는 '하버드보다 들어가기 힘든 대학교'로 유명합니다. 관심이 있다면 www.minerva.kgi.edu를 참고하기 바랍니다. -역주

다만 일반적으로 새로운 습관은 한 번에 하나씩만 만드는 것이 좋으며, 한꺼번에 너무 많은 습관을 만들려고 하는 것은 좋지 않습니다. '금단현상'이 생겨서 성공하기 쉽지 않기 때문입니다. 과학적인 연구에 따르면 새로운 습관을 하나 만드는 데는 일반적으로 약 2개월이 걸린다고 합니다. 어렵게 보이더라도 결심하고 실행하면, 1년에 6가지 새로운 습관을 만들 수 있습니다.

저는 코로나 유행 기간에 새로운 습관을 하나 익혔습니다. 바로 도보 통근입니다. 사무실에 업무용 컴퓨터를 두고, 아침에 일어나서 사무실까지 15분 거리를 걸어갑니다. 업무가 끝나면 사무실에 컴퓨터를 남겨 두고 걸어서 귀가합니다.

걷다 보면 저와 이야기를 하고 싶은 사람들이 말을 걸 때도 있습니다. 그런 사람들과 이야기할 수 있게, 매일 조금씩 시간적인 여유를 가지도록 했습니다. 그렇게 하니 여전히 매일같이 많은 사람과 만날 수 있고, 사람들이 가로막을까 봐 서두르는 일도 없게 되었습니다. 이것이 최근 의식해서 들인 습관입니다.

About Episode 4: 멘토 그리고 동료들

Q 소년 시절의 친구에게서 어떤 영향을 받았나요?

A 주로 평등하고 자유로운 커뮤니티의 분위기에서 영향을 받

았습니다. 누구나 연령과 성별에 상관없이 커뮤니티에 기여할 수 있고, 공통의 가치를 위해서 일할 수 있는 분위기 자체가 저에게 큰 영향을 주었습니다.

Q 직장에 다닌다면, 어떤 곳이기를 바라나요?

A 어떤 경우에도 자신의 감각과 신념에서 벗어나지 않고 판단하여 실행할 수 있는 장소라면 좋겠습니다.

Q 고문으로 일할 때, 시급이 1비트코인이었다고 들었습니다. 자세히 말해 주실 수 있나요?

A 처음에는 분명히 그럴 계획이었습니다. 하지만 애플이나 옥스퍼드대학 출판국에서 비트코인은 가치가 너무 빠르게 오르내리기 때문에 회계 처리가 어렵다고 하여, 그다음부터는 계약 시점의 비트코인 가격을 현지 통화로 환산해서 계산하는 방식을 택하게 되었습니다.

Q 장관에 취임하기 전에 비트코인 등의 암호화폐에 투자한적이 있나요? 혹시 돈을 번 경험은 있는지요?

A 비트코인은 굉장히 흥미로운 개념이자 실험적인 아이디어라고 생각합니다. 만약 누군가가 저에게 비트코인을 지불한다면, 그 과정에는 어떤 국제 송금이나 환전이 이뤄지지 않으며 환차익

문제도 존재하지 않습니다. 입금을 받기 위해 2~3일을 기다리는 일 또한 없습니다. 하지만 실제로는 과거 고문이던 큰 회사에서도 비트코인으로 임금을 지급받지는 못했습니다. 재무회계 실무상 처리가 곤란했기 때문입니다.

비트코인은 확실히 가격 변동폭이 크지만, 이전부터 비트코인을 투자나 자산 운용의 도구로 생각해 본 적은 없습니다. 스스로 보유한 적도 사실 없으며, 단순히 '비중앙집권현 분산형 회계 기술'의 실천 모델로 간주하고 있습니다.

Q 현재 많은 아이가 프로그래밍을 배우고 있습니다. 프로그램을 작성하는 요령은 무엇이라고 생각하나요?

A 스스로 관심 있는 문제를 찾고, 이를 해결하는 겁니다. 프로그램을 완성하기 위해서 프로그램을 작성해서는 안 됩니다. 또 아직 어린 나이라면 디자인 사고를 먼저 공부하고 나서, 계산적 사고를 익히는 것을 추천합니다.

디자인 사고design thinking란, 주로 다양한 생각을 가진 사람들에게 어떤 시스템에 대한 상상을 듣고, 이를 모두가 이해할 수 있는 공동의 목표로 집약시키는 것을 의미합니다. 그리고 계산적 사고computational thinking는 이러한 공동의 목표를 만든 후, 어떻게 실천하고 사람들에게 전달할지를 고민하는 것입니다. 대만에서는 '프로그램 디자인'이라고 말하지만, 사실 '디자인'이 앞에 오고,

'프로그램'이 나중에 와야 합니다.

Ⓠ 사회적 기업을 설립하려는 청년들에게 조언할 것이 있나요?

Ⓐ 사회적 기업은 경제적인 수단을 활용해서 사회 문제를 해결하려는 것입니다. 특히 교육, 식품 안전, 순환형 경제의 세 영역은 모두의 관심을 쉽게 끌 수 있어 사회 구성원을 동원하는 힘이 강하고, 디지털 기술이 힘을 발휘할 여지도 충분히 크다고 생각합니다.

그리고 제가 보기에는, 경험이 풍부한 선배 세대와 함께하는 쪽이 창업에 성공하기 쉬운 것 같습니다. 두 세대의 인생 경험을 서로 보완할 수 있기 때문입니다.

About Episode 5: 성별을 뛰어넘은 사람들

Ⓠ 트랜스젠더에 대한 몰이해와 의심, 심하게는 물리적인 공격 등에 어떻게 대처하고 있나요?

Ⓐ 특별한 대처 방법은 없다고 생각합니다. 그래도 상대방의 구체적인 질문이 무엇인지에 따라 논의가 가능한 경우에는 논의합니다. 의문을 가지는 것이 그 사람의 관심 표현 방법이라면, 이

러한 호기심은 좋다고 생각합니다. 이는 서로 공유할 수 있는 부분이 있다는 것을 나타내기 때문입니다. 반면 상대에게 호기심이 없다면 어떠한 논의의 여지도 없습니다.

Q 젠더 정체성이 보다 다양한 사회는 현재의 사회와 어떤 부분이 다를까요?

A 개인의 운명이 그 사람의 생리적인 성질에 의해서 결정되지 않는다는 점이 다를 것입니다.

Q 다른 국가의 트랜스젠더를 비롯한 LGBT 사람들이 현실을 바꾸기 위해서 어떤 노력을 하면 좋을까요?

A 먼저 상황을 어떤 형태로 바꾸고 싶은지를 생각해야 합니다. 대만의 특색은 각 세대의 생각을 종합하고, 만족할 수는 없지만 받아들일 수 있는 방법을 찾아낸다는 데 있습니다.

대표적으로 '혼인이 아니라 결혼'이라는 발상은 혁신적인 법적 견해라고 할 수 있습니다. 등기혼은 결혼하는 두 당사자의 권익을 보장하는 반면 그들의 가족에는 관여하지 않습니다. 그 까닭에 삼촌, 숙모 등의 성별에 따른 민법상의 친족 관계를 피할 수 있게 되었습니다.

이처럼 대만에서는 제로섬 문제가 발생하면, 토론을 통해서 다양한 입장의 사람들이 다 함께 얻는 부분이 있는 해답을 찾아

내려고 노력하고 있습니다.

About Episode 6: 시빅해커에서 핵티비스트로

Q 사회운동에 대한 당신의 열정은 어떻게 길러졌나요?

A 아마도 부모님이 정치와 시민의 사회 참여에 관심이 많았기 때문이겠지요. 저도 부모님과 함께 초기 사회운동에 참여했습니다.

어머니는 주부연맹 환경보호기금회 창설에 관여했습니다. 그래서 저도 소학교 1~2학년 때 수업 외 시간에 어머니를 따라서 쓰레기 매립지를 견학하거나, 폐기물의 재사용 문제에 관심을 갖기도 했습니다. 집에서도 주부연맹 생활협동조합에서 공동 구매한 쌀을 먹었습니다. 그러니까 저는 사회 문제에 관심이 많은 가정에서 자란 아이인 셈이지요.

Q 해바라기 학생운동에서는 구체적으로 어떤 일을 했나요?

A 2014년 3월, 저는 제가 창업한 소셜텍스트Socialtext의 사내 채팅방에 있었습니다. 그날 어느 외국 국적의 엔지니어와 채팅하다가, 학생들이 입법원을 점거했다는 소식을 듣고 곧바로 "대만의 민주주의가 저를 필요로 하고 있어요! 며칠 동안은 출근하지

못할 것 같네요!"라고 말했던 기억이 있습니다. 지금 돌이켜 보면 너무 뜨거워서 '중2병'인가 싶을 정도네요. (웃음)

그 전해에 저는 마뉴엘 카스텔Manuel Castells의 《분노와 희망의 네트워크Networks of Outrage and Hope: Social Movements in the Internet Age》라는 책을 읽었습니다. 그 책은 사회운동에서 통신 메커니즘이 갖는 역할에 관해 다루는 것이었습니다. 거기서 카스텔은 특히 '월가를 점령하라'[38]와 '아랍의 봄'[39] 같은 운동에서 네트워크 기술이 큰 역할을 했음을 서술하고 있습니다. 저는 대만에서도 이를 실천하기로 결심했습니다.

당시 입법원을 검거하고 있던 사람들에게는 자신들만의 액션 플랜이 있었습니다. 현장에는 시위대 외에도 시위대의 법률상 인권을 보장하기 위해서 자발적으로 온 변호사 단체나, 건강할 권리를 지키기 위해서 온 의사와 간호사 단체도 있었습니다.

한편 우리는 기술 전문가 집단으로서 자발적으로 통신권을 확보했습니다. 통신권이 확보되면 남는 것은 실제로 운동에 참여하

38　2011년에 미국 뉴욕 월가에서 진행된 시위로 '월가를 점거하라(Occupy Wall Street, OWS)'라고도 불립니다. 아랍의 봄과 대비시켜 미국의 가을이라고 부르기도 합니다. —역주

39　2010년 12월 17일 튀니지 혁명으로 시작되어 2010~2011년에 걸쳐 중동과 북아프리카에서 벌어진 민주화 운동입니다. 튀니지, 모로코, 요르단 이외의 국가는 유감스럽게도 이 이후로 내전이 발발하고 IS 등 이슬람 극단주의 테러 단체들이 창권하며, 다양한 문제가 발생했습니다. 이를 아랍의 겨울이라고 표현합니다. —역주

는 사람들이 운동을 어디로 이끌고 싶어 하는지의 문제뿐입니다. 그러나 자유로운 통신권이 보장되지 않으면, 헛소문이나 음모론에 의해서 정상적으로 논의할 수 없는 상황에 빠지기 쉽습니다. 커뮤니케이션은 이런 오해나 그릇된 추측을 줄일 수 있습니다. 단적으로 말하면, 사상자도 줄일 수 있습니다.

Q 학생운동 기간 중 매일 현장에 있었나요?

A 저는 매일 현장에 있었지만, 입법원 안에 들어간 것은 네트워크 케이블을 반입했던 하루뿐입니다. 당시 입법원 밖에 있던 시위대는 경찰이 안에서 학생들을 때리며 진압하고 있다는 소문을 들어서, 내부로 진입해야겠다고 생각하고 있었습니다.

이때 학생 시위대의 리더였던 린페이판林飛帆이 그 유명한 카키색 재킷을 입고 나타나서 "안에서는 아무 일도 일어나지 않았습니다. 경찰은 들어오지 않았습니다."라고 똑 부러지게 말했습니다. 이 일이 인상에 남는 것 같습니다.

저는 이때 통감했습니다. 가짜 뉴스는 진실보다 훨씬 빠르게 퍼지고, 우리처럼 정보와 통신에 대해서 배운 사람들이 할 수 있는 일은 반드시 있다고 말입니다.

Q 해바라기 학생운동은 대만 민주주의를 변화시켜서 모두가 '정치에 참여하는 것은 당연한 일'이라는 생각을 갖게 만들었다

고 들었습니다. 이에 대해서 더 자세하게 설명해 줄 수 있나요?

A 처음 입법원 점거가 이루어지고 며칠 동안은 모두가 울적하고 심각했지만, 나중에는 점점 즐거운 분위기로 변해 갔습니다. 인권이나 남녀동등권과 같은 다른 주제를 이야기하는 부스도 늘어, 인근 거리에까지 쭉 늘어섰습니다. 마지막에는 DJ가 즉석에서 오래된 대만 영화들을 보여주기도 했습니다.

그때부터 해바라기 학생운동은 마치 '민주주의의 야시장'과 같은 느낌으로 1분이든, 1시간이든, 하루 종일이든 다양한 주장을 하는 부스들을 돌아볼 목적으로 참가할 수 있게 되었습니다. 이것은 곧 이 학생운동의 안전함과 다양성을 증명하는 것이었습니다. 그 뒤로도 대만에서 이러한 사회운동의 울타리가 넘을 수 없을 정도로 높아진 적은 없습니다.

청년들이 보기에 원래는 소수만의 엄숙한 의식이었던 것이, 어느 순간 누구나 참여할 수 있고, 멋진 데다 실로 재미있는 행사로 바뀐 것입니다. 투쟁이나 비극이 아닌 이러한 즐거움이야말로 대만 민주주의를 성숙시키는 바탕이 되었습니다.

Q 해바라기 학생운동의 최대 의의는 무엇이라고 생각하나요?

A 모든 과정을 통틀어 입법원 주변에서 사상자가 한 명도 발생하지 않은 것이라고 생각합니다. 이것은 조용한 혁명이었습

니다.

해바라기 학생운동을 겪으면서 처음에는 '너무 전문적이어서 일반 시민들은 논의할 수 없다', 또는 '이해관계가 너무 많이 얽혀 있다'고 생각했던 의제라도 사실은 네트워크 세계의 이해관계자 거버넌스 모델(협의 모델)을 운용함으로써, 공통된 인식을 얻어낼 수 있다는 것을 많은 사람이 이해하게 되었습니다.

결과적으로 정부 관료 시스템 전반에서 민주주의 가치에 대한 이해가 진전되었고, 또 보다 민주적인 거버넌스 모델이 만들어지는 기회가 마련되었습니다.

Ⓠ 아시아에서 대만이 현재 가지는 위상을 어떻게 인식하고 있나요?

Ⓐ 대만은 신석기 시대부터 이미 중국과 분리되었습니다. 대만은 유라시아판과 필리핀해판의 경계 부분에 위치하고 있으며, 지금도 계속해서 밀려 올라가고 있습니다. 대만의 최고봉인 옥산玉山도 매년 2cm씩 높아지고 있다고 들었습니다. 우리는 미래에도 계속해서 상승할 것입니다. 그러면 함께 별이라도 바라봅시다.

(Q) 가까운 미래에 어떤 혁신적인 사고방식이나 방법을 사회에 응용할 수 있다고 생각하나요?

(A) 제가 주최 책임자로 있는 총통배 해커톤에서 공모로 팀을 선출할 때 채택하고 있는 방법이 '2차 투표법QV, Quadratic Voting'입니다.

이 2차 투표법의 핵심은, 각 투표자가 1표가 아니라 99포인트를 갖는다는 것입니다. 단, 투표하는 포인트는 표수의 제곱이어야만 합니다. 따라서 1표를 투표한다면 1포인트, 2표라면 $2 \times 2 = 4$포인트, 3표라면 $3 \times 3 = 9$포인트가 듭니다. 이런 식으로 포인트를 모두 소모할 때까지 투표할 수 있습니다.

50팀의 후보 중 10팀을 선출해야 한다고 합시다. 99포인트를 보유하고 있으므로, 마음에 드는 후보에게 최대 9표를 행사할 수 있습니다. 그러면 9표로 $9 \times 9 = 81$포인트를 소모하고 18포인트가 남습니다. 포인트를 헛되게 하고 싶지 않다면, 또 다른 후보를 보고 투표할 수 있습니다. 그러면 1순위로 선택되지 않았더라도 우수한 제안을 그렇지 않은 제안과 차별화하는 것이 가능합니다.

이 방법을 사용하면, 투표자가 자신이 원하는 투표 조합을 자유롭게 생각할 수 있습니다. 또한 분산 투표이므로 자신이 투표한 여러 후보 중에 하나라도 선출될 가능성이 높고, 그러면 참여 의식을 크게 느낄 수 있습니다.

2019년에는 미국 콜로라도주의 하원에서 이러한 2차 투표법을 활용해 예산 배분을 의결했다고 들었습니다. 실제로 이런 투표 방식이 공공 정책에 활용되고 있는 것입니다.

Q 국가 관계에서 현재의 국가 외교나 민간 차원의 교류 외에 더 우호적이고 다원적인 교류로는 어떤 것이 가능할까요?

A 현재 전 세계는 무수한 중대 과제에 직면해 있습니다. 신종 코로나바이러스 감염증, 기후변화, 가짜 뉴스 등은 어느 나라에나 동일한 위협입니다. 때로는 국제적인 이익이 특정 국가의 이익과 상반될 수 있습니다. '국가'라는 개념은 이 같은 영원한 과제에 아무런 도움이 되지 않고, 오히려 충돌을 일으키기 쉽다고 생각합니다.

근래 여러 나라에서 시빅해커 커뮤니티가 활동하고 있습니다. 시빅해커는 다양한 분야의 전문성을 결합하여 인공지능이나 빅데이터 기술을 문제 해결에 접목하고 있습니다. 이들이 제시하는 답은 여러 국가에 좋은 참고가 됩니다.

대만의 경우, 2018년 제1회 총통배 해커톤에서 '대만 수도공사의 배관 누수를 개선하는 방법'이 상을 받았습니다. 대부분은 매일 수도꼭지를 틀어 수도를 사용하고 있어도, 수도관에서 새는 물의 양이 연간 댐 몇 개분에 이른다는 사실은 알지 못합니다. 여기에는 지하 수도관에서 발생하는 누수가 절반을 차지하는데, 이를 색출하는 것은 굉장히 힘든 일입니다. 그래서 대만 수도공사와 학계가 팀을 이루어 빅데이터 플랫폼을 구축하고, 기계 학습을 이용한 데이터 분석 및 과학적 방법을 활용해 누수 지점을 더 신속하게 발견하고 누수 가능성을 예측하고자 했습니다.

이 점검 시스템은 기존의 시스템과 비교해 시간을 90% 이상 단축했으며, 누수 지점의 탐지 정확도도 $90km^2$ 내에서 $12km^2$ 내까지 줄였습니다. 과거에는 누수가 발생 두 달 후에야 발견되는 경우도 흔했지만, 지금은 하루이틀 안에 발견될 뿐 아니라 15분 전에 사전 경보를 발령할 수도 있게 되었습니다. 이후 이 팀은 뉴질랜드 정부에도 초청되어서, 수자원 보존과 관련된 기술을 공유했습니다.

그 밖에도 대만 선주민 공동체가 심은 비누풀이란 식물을 기반으로, 화장품 제조사 아베다_{AVEDA}와 함께 브랜딩을 거쳐 뛰어난 질감의 화장품 'Blueseeds'를 개발하기도 했습니다. 저는 이러한 경험을 캐나다에서 원주민족을 담당하는 공무원들에게 공유했고, 큰 호응을 얻었습니다. 이러한 국경을 초월한 협력은, 매우 귀중한 우정입니다.

Ⓠ 대만에서처럼 오드리 탕 씨와 같은 특별한 인재가 활동하기 위해서는 사회에 어떤 조건이 갖춰져 있어야 하는지, 많은 사

람이 궁금해하고 있습니다.

Ⓐ 대만에서는 모두가 언론의 자유를 100% 누리고 있으며, 이러한 상태가 유지되어야 한다고 생각합니다. 계엄 시대를 기억하는 사람들은 언론의 자유가 없던 그 시절로는 절대 돌아가고 싶어 하지 않습니다. 그래서 제가 "도교 사상이나 보수적인 아나키즘을 신조로 하고 있다."라고 발언해도, 비록 이것이 기존 정치가의 발언과 사뭇 다르기는 하지만 누구도 저를 이상하게 보거나 제지하지 않습니다. 완전히 자유로운 환경에 있기 때문입니다.

언론의 자유가 있었기에 비로소 최근 몇 년 동안 대만에서는 민주주의 사회로의 이행과 성숙이 이루어졌습니다. 이는 피를 동반하는 혁명이 아니라, 언론의 자유가 공공의 사안을 해결하는 데 있어 보다 유효하다는 것을 모두가 진정으로 이해했기 때문에 가능했다고 생각합니다.

나가며

지금까지 여러분이 본 것은 어느 한 사람이 살아온 39년간의 인생 기록입니다. 처음에 우리 필진은 어떤 천재의 전설을 쓴다고만 생각하고 이 일에 착수했습니다. 그렇지만 책을 집필하면서, 점점 우리가 쓰고 있는 것은 한 평범한 사람의 이야기이기도 하다는 것을 깨달았습니다.

누구나 살아가면서 마음속으로 '이렇게 살고 싶다'고 바란 적이 있을 것입니다. 끊임없이 배우고, 탐색하고, 가족과 친구에게 사랑받고, 가장 좋아하는 일을 하면서, 생활에 아무런 걱정 없이, 사회에 공헌할 수 있는 삶을 살고 싶다고 말입니다. 오드리 탕도 우리와 별다르지 않은 고민과 시련에 부딪혔습니다. 그리고 그는 우리보다 더 특별한 길을 선택해서, 시련을 딛고 소망하는 길을 찾아냈습니다.

오드리 탕은 성별을 뛰어넘기로 했던 그 해, 새 이름으로 펑鳳을 선택했습니다. 중국어에서 '펑鳳'이라는 글자는 두 성별을 모두 내포하는 것으로 여겨집니다. 길조를 상징하는 '용과 봉황' 모티브에서는 여성성을 나타내지만, 전설 속의 상서로운 새 '봉황'을 말할 때는 수컷 개체를 지칭하는 말로 쓰여 남성성을 나타냅니다.

그는 이름을 바꾸고자 마음먹은 뒤 일본인 친구로부터 일본에서는 '봉새 봉鳳'을 '오오토리ぉぉとり'라고 읽으며, 이것이 영어 Audrey와 발음이 비슷하다고 들었습니다. 독자에 따라서 '펑鳳'이라는 이름은 국경도 넘어선 이름이 되는 셈입니다.

이번에 오드리 탕과 교류하면서, 우리는 그가 가장 좋아하는 세 가지 단어를 자주 떠올렸습니다. 바로 '공유', '창작', '기여'입니다.

그는 다른 사람과 지식을 공유하는 것이 특기입니다. 복잡한 개념을 해석하고, 깊이 숙고한 끝에 이해하기 쉬운 키워드를 끄집어냅니다. 이 책에서 우리는 대만의 신종 코로나바이러스 대책을 설명하기 위해서 30,000자[40]를 사용했습니다. 반면 오드리 탕은 그 방대한 내용을 단 3개의 키워드로 요약했습니다. 바로 'Fair(공평하게)', 'Fast(빠르게)', 'Fun(즐겁게)'입니다. 그리고는 이 세 키워드를 사용해서 세계 각국에 대만의 이야기를 전했습니다.

오드리 탕이 무엇을 중요하게 여기는지는 다음 말에서 엿볼 수 있습니다. "커뮤니티에서 모두가 인정하는 리더는 가장 똑똑한 사람이 아니라, 가장 커뮤니티에 공헌하는 사람입니다." 그렇기에 그는 항상 이렇게 말하며 모두를 격려합니다.

"인터넷에서 다운로드만 하는 사람이 되지 말고, 자신의 작품

---

40 원서《Au オードリー・タン 天才IT相7つの顔》상의 일본어 기준입니다. -편집주

을 업로드해서 인터넷에 기여하는 사람이 되기 바랍니다!"

우리 필진도 이곳에서 소중한 시간을 공유하고, 관계자들이 힘을 합쳐 함께 만든 이 책을 무사히 펴낼 수 있게 된 데에 진심으로 감사드립니다. 그리고 이 책을 읽고 계신 독자 여러분의 훌륭한 공헌에도 마음으로부터 감사의 말씀을 드리고 싶습니다.

오드리 탕은 자신의 업무 내용을 모두 인터넷(sayit.pdis.nat.gov.tw)에 낱낱이 공개하고 있습니다. 따라서 직접 현지에 가지 않고도 그가 참석한 매 회의의 자료를 구할 수 있었습니다. 이 책을 집필하면서 이런 자료를 매우 많이 활용했습니다. 또한 오드리 탕 본인, 그의 가족, 은사, 친구와 동료도 취재했습니다. 그들의 말을 들으면서 오드리 탕의 진짜 모습에 한 걸음씩 다가갈 수 있었습니다.

우리 한 사람 한 사람의 마음속 천재가, 언젠가 고치를 깨고 나오기를 진심으로 기원합니다. 그러면, 오드리 탕은 더는 이 세상에서 혼자가 아니게 될 것입니다.

2020년 9월

아이리스 치우ｱｲﾘｽ ﾁｭｳ & 정쭝란鄭仲嵐